1. 아뵤

2. 포스트잇

3. 정림이

4. 경상북도 경주시 감포읍 오류리 1793 염혜진

아
묘

이틀전

필성은 편의점 아르바이트를 밤 근무로 지원한 자신을 또 한번 칭찬했다. 근무 시간이라고는 하지만 손님이 드물었다. 편의점에서 마주 보이는 아파트에서는 조명이 깜박거리며 꺼져가고 있었다. 반짝반짝했던 아파트 단지는 흘러 간 20여 년의 시간만큼 꼬리를 길게 늘이며 추락하는 중이었다. 오늘은 고요하기까지 했다. 6월이 주는 여름밤의 열기는 흔적도 없었고, 어두운 이 마을에 오로지 편의점만 환했다.

40대 중반인 필성이 아르바이트를 구할 수 있었던 것도 언제 폐점 될지 모르는 한산한 이 곳이었기에 가능했다. 그것도 역시 운이 좋았다고 필성은 생각했다. 어쩌면 더 나빠질 수도 있었다.

'리버스 어브 바빌론'

핸드폰 화면에 음악이 바뀌었다. 보니 엠의 음악에 필성은 검지 손가락을 들어 왼쪽 귀 깊숙이 무선 이어폰을 넣었다. 필성은 잠이 들 때까지 음악을 들었고, 잠에서 깼을 때도 열에 일고여덟은 귀에서 음악이 들렸다. 음악이 들리지 않은 나머지 두세 번은 뒤척이다가 이어폰이 빠질 때뿐이었다.

근무시간에도 음악을 놓칠 수는 없었다. 그것이 필성이 항상 왼쪽 귀를 덮는 헤어스타일을 유지하는 이유였다.

필성은 오른쪽이 잘 들리지 않았다. 언제부터 그리고 왜 그렇게 되었는지 정확한 기억은 없지만 꽤 오래전부터 왼쪽으로 듣다 보니 이제는 눈도 왼쪽으로 치우친 느낌이 들곤 했다. 그래도 다행이었다. 왼쪽이 잘 들리니까. 더 나빠질 수도 있었다고 필성은 또 생각했다.

'어?'

이어폰을 넣다가 왼쪽 머리카락이 어깨에 닿을 정도로 길어진 것이 만져졌다. 그리고보니 머리카락을 자르러 간 적이 언제더라. 필성은 기억을 떠올리려 잠시 애를 써보았다.

요즘 들어 정확히 기억하는 일들이 많지 않았다. 그러나 곧 생각을 멈춰야 했다. 보니 엠의 음악이 왼쪽 귀 안을 울리며 필성의 머리를 스피커로 사용하며 필성의 사고를 완전히 점령했기 때문이었다.

오늘 밤은 한 시간이 넘도록 아무도 오지 않았다. 필성은 음악을 끊지 않고 들을 수 있어서 몹시 기분이 좋았다. 혹시나 손님이 들어와 음악을 멈춰야 할까 초조하게 문을 쳐다보곤 했다.

딸랑딸랑—
편의점 문이 열리고 여자가 들어왔다. 분명 밤인데 이 빛은 모두 어디에서 온 것일까? 순식간에 주위가 환해졌다. 하얀 빛이 퍼졌고, 필성은 그 빛에 눈이 아팠다.
이건 마치 해수욕장에서 뜨거운 태양을 바라본 통증이었다. 그런데 이 연상이 정확하지는 않았다.
여름바다는 필성의 상상일뿐 경험은 아니었다. 필성이 가 본 바다는 수학 여행에서 본 부산 태종대가 전부였고, 그마저도 11월 21일 늦가을이었다. 바람이 거셌고 추웠다. 그래서인지 태종대 절벽 아래로 몰아치는 바다는 무척 위협적이었다. 필성은 그 장면을 바다가 회반죽차 레미콘처럼 육중한 잿빛 파도를 끝도 없이 쏟아냈었다고 회상했다.
편의점에 들어온 그녀는 하얀 빛속에 검은 형체로 일렁거렸고 필성의 머리에서는 보니 엠이 계속 노래하고 있었다.
'우리는 시온을 기억하면서 울었지.'
Yeah we wept, when we remembered zion.
검은 형체는 일렁임을 멈췄고 모습이 드러났다.
'도나!'

뜨겁고 눈부시게 도나가 옆으로 왔다. 필성은 여자를 '도나'라고 불렀다. 하지만 늘 그렇듯 필성이 미처 부르기도 전에 도나가 먼저 인사를 했다.

"필성씨, 안녕."

새벽 두시, 도나와 필성이 만나는 시각이다. 도나와 필성은 세 달 전에 처음 만났다. 그 날은 필성이 편의점 밤 근무를 시작하는 날이었고, 도나 서머의 핫 스터프를 듣고 있었다.

도나 서머는 필성이 무척 사랑하는 가수였다. 2012년 5월, 폐암으로 그녀가 사망했을 때 한 달 동안 도나 서머의 노래만을 들으며 울었다. 그때를 생각하면 지금도 필성은 가슴이 뻐근했다. 지금의 도나, 필성의 도나를 만난 그날은 정말이지 운명이라고밖에는 말할 수 없는 날이었다. 도나 서머가 핫 스터프에서 노래하고 있었다.

'누군가 사랑하는 사람의 전화를 기다리고 있어.'

Waitin' for some lover to call.

딸랑딸랑—

그 부분에서 운명처럼 문이 열렸다.

그리고 그 구절을 기다렸다는 듯 필성의 도나가 들어왔다. 그때도 오늘처럼 태양 빛이 보였는지는 정확하지 않다. 생각해 보면 도나가 여름 태양을 닮은 것이 아니라, 그 빛이 도나를 닮았을지도 모른다. 도나는 첫 날부터 그렇게 강렬했다. 그날 도나는 껌을 씹으며 편의점 계산대로 왔다. 어떤 곳도 둘러보지 않고, 오늘처럼 바로 필성에게로 직진했다. 그리고 계산대 앞의 껌을 집어서 내밀었다. 새벽 두 시에 편의점에 와서 껌을 사는 여자, 그 여자가 도나였다.
 도나가 강렬했던 가장 큰 이유는 냄새였다. 먼저 들어오는 냄새는 장미향이었다. 향수처럼 진하기보다는 살갗에서 우러나오는 것인양 은은했다. 자꾸 코를 가까이 들이대게 하는 향기였다.
 뒤에 남아 있는 냄새는 술이었다. 그것도 소주였다. 알코올 냄새가 훅하고 필성에게, 필성의 숨으로 넘어왔다.
 그래서 껌을 찾는 건가?
 "저기요."
 도나는 높은 톤의 목소리였지만, 괄괄한 사내같이 던지는 말투를 구사했다.
 "그 손목, 거기 왜 그래요?"
 필성에게 껌을 내밀며 다짜고짜 말을 건넸다. 아니 던졌다. 이런 사람은 처음이었다. 필성의 손목을 보고 그렇게 말한 사람도 없었고, 그것도 처음 보는 사람이 묻는 경우는 더더욱 없었다.
 무엇보다 놀라운 것은 이성인 젊은 여자가 필성에게 사적인 이유로 먼저 말을 거는 일이었다. 그건 필성이 사십이 넘는 동안 그러니까 필성이 기억하는 한, 처음이었다.
 필성은 이 여자가 무례한 건지 호감이 있는 건지 알 수 없었다. 사실 그때 무슨 생각을 해야 할지도 판단할 수 없었고 머릿속이 하얘졌었다. 아무 말도 하지 못하고 그대로 멈췄다. 필성은 '순간 얼어붙었다라는 문장으로 그 순간을 회상했다.

"봐봐요."

도나는 필성의 손을 잡아 자기 쪽으로 끌어당겼다. 필성은 너무 놀라 손을 빼야겠다고 생각했지만 그것 역시 생각뿐이었다.

도나는 필성의 손을 쥐고 이리저리 돌려보았다.

"흠... 아팠겠네."

여섯 번째 자해 자국이었다.

이 상처는 유독 잘 아물지를 않았다. 이제 마흔이 넘어서 그렇다고 혼자 진단하고 그 다음 포기해 버린 상처였다. 다른 사람들에게 들킬까 늘 감추고 다녔던 자국이었다. 그런데 이상했다. 그때 도나가 필성의 손을 잡았을 때, 필성은 도나의 손이 따뜻하다고 느꼈다. 상처가 낫는 느낌까지 들었다면 망상일까. 도나가 처음부터 필성에게 호감을 느끼고 손을 잡은 것인지 아니면 도나가 원래 호기심과 동정심이 많은 사람이어서 그런 것인지 그것을 도나에게 물어본 적은 없다. 그리 중요한 것도 아니었다.

그날 이후 새벽 두 시가 되면 도나는 필성이 있는 편의점으로 와서 필성의 지난 상처를 어루만지며 둘만의 시간을 가지는 사이가 되었다. 도나 서머의 핫 스터프가 흐르던 그날 거침없고 따뜻한 필성의 도나와의 만남이 이루어졌고, 그래서 필성은 그녀를 '도나'라고 생각하기로 했다.

굳이 말하자면 여태 필성은 제대로 된 연애를 한 번도 한 적이 없었다. 더 솔직히 말하면 이번 생은 결혼은커녕 가벼운 입맞춤조차도 포기했었다. 그런데 도나의 손길 하나로 그간의 모든 설움이 다 치유되는 것 같았다. 맞다. 치유. 그거였다. 꼭 뜨거워야만 연애가 될 수 있는 건 아니었다. 그걸 이제서야 알게 되다니.

필성은 도나와 함께 하는 모든 순간이 꿈인 것 같았다. 도나를 생각하기만 해도 웃음이 새어 나왔다.

'은주'

필성은 지금까지 살아오며 여자를 사랑한 적이 딱 한 번 있었다. 중학교 때 만난 은주다. 은주는 미국 여자 힙합 그룹 티엘시 멤버 레프트 아이를 떠올리게 했다. 필성은 늘 '센 언니' 스타일에 끌리는 편이라고 본인에 대해 친구에게 얘기한 적이 있었다.

은주는 중학교 3학년 여름, 교회 수련회에서 처음 만났다. 아니, 보았다. 2박 3일 무료 숙박에 간식과 선물까지 준다는 말에 이끌려 따라간 수련회였다. 캠프파이어 무대에서 원더우먼 복장을 입고, 키보드를 치던 은주의 모습은 충격적이었다. 당시 필성은 레프트 아이가 한국에 온 것 같다고 생각했다. 교회 중등부 교사에게 저지당하고 끌려 나가면서도 끝까지 노래를 멈추지 않았던 은주는, 찬란히 빛났다. 그날 밤 필성은 두근거리는 심장을 끝내 진정시키지 못했고 다음날 새벽부터 숙소를 뛰쳐나왔다. 그리고 수련회장 곳곳을 뒤지며 은주를 찾아 돌아다녔다. 수련회 이후 은주가 다니는 학교 앞에서 서성거렸고, 일요일이면 교회를 나갔다. 은주의 집 근처 골목을 돌아서 등교했다. 무려 일 년이나 은주를 따라 주변을 맴돌았다.

그러나 정작 은주는 그 때는 물론이고 지금까지도 필성이 자기를 좋아했는지는커녕 필성이 누구인지도 모를 것이다. 그런 필성이 이렇게 새벽마다 도나와 과감한 사랑을 하다니 필성은 때때로 숨이 턱 하고 막힐 만큼 적응이 안 됐다.

새벽 두 시 십분이 되자 도나는 필성 곁을 떠났다. 어루만지던 그녀의 손길만 몸의 이곳저곳에 향수처럼 남아 있었다. 도나는 말보다는 스킨십을 좋아했다. 필성으로서는 여러모로 환영할 만한 상황이었다. 도나가 툭툭 던지는 말들은 꽤 어려운 내용이 대부분이었다.

도나는 영어가 섞인 어려운 문장으로 혼잣말을 할 때가 있었다. 필성은 도나가 다문화가정에서 자란 외국인일 수도 있다고 추측했다. 또 가끔 필성에 대해 궁금한 걸 물어보기도 했는데 늘 대답하기 곤란한 내용이었다.

"이 손목... 죽으려고 했어요?"

첫 만남에서 그랬던 것처럼 도나는 말을 하면 무례할 정도로 거침없었다. 필성은 여섯 번째 자해에 대해 도나에게 얘기해줄까도 잠깐 생각했었다. 그러나 아직 삼십 대일 것 같은 도나에게 마흔다섯 살의 무력함을 말하기가 창피하다는 생각이 들었다.

또, 연애 초기라는 시기에 적절하지 않게 너무 무겁고 진지한 얘기였다. 다녔던 콜센터에 대해서도 얘기해야 하고, 엄마가 매일 우는 것도 설명해야 하는데 그러면, 그러면 도나가 자신을 더 이상 안 좋아할까 봐 겁이 났다.

필성은 도나의 성급한 질문에 한결같은 표정으로 부드럽게 웃어주며, 그녀의 손길에 몸을 맡겼다. 비록 편의점 카운터에 나란히 서서 보내는 십 분 정도의 데이트이지만 도나는 필성의 하루에 유일한 낙이었다.

'아차, 오늘은 꼭 물어보려고 했는데.'
필성은 도나에게 무슨 일을 하는지 왜 이 시간에만 오는지를 오늘은 어떤 일이 있어도 물어보려고 결심했었다. 그 전에도 여러 번 결심했었는데 막상 도나를 만나면 사춘기 소년처럼 멍해져서 아무것도 생각나지 않곤 했다. 필성은 도나가 나간 투명한 출입문을 아쉬움에 한참 바라보고 있었다.

하루전

"아이고, 아이고, 흑흑, 헉헉, 하아 아아아"
엄마다. 아침에 퇴근하고 얼마나 잤을까. 필성은 오늘도 울음소리에 잠을 깼다. 필성이 밤 근무를 지원한 동기는 바로 이 울음소리 때문이었다. 엄마의 울음소리가 시작되었다는 것은 필성이 출근할 때가 되었다는 것이다. 필성은 빠져버린 이어폰을 찾아 음악을 들었다. 둘리스의 원티드가 나온다.

'괜찮아. 너도 알아. 내가 지불해야 할 값이야. 그걸 부인할 수 없어.'
But, It's all right. You know you can't deny It's the price I've gotta pay.

필성이 팝을 좋아하게 된 것은 필성이 중학교 일학년이었던 1990년부터였다. 아홉 시 전에 잠이 들던 초등학교 시절에는 몰랐다. 엄마가 밤마다 운다는 것을. 사춘기가 시작되던 중학교 1학년 여름, 뱃속이 몽글 뜨거워 잠이 깬 적이 있었다. 그때 처음 들었다.

"흑흑 흐흑엉엉"

엄마가 숨죽여 울고 있었다. 라디오 소리에 울음소리가 섞여 흘렀다. 그제야 필성은 엄마가 하루 종일 라디오를 틀고 지낸다는 것을 깨달았다. 사춘기가 시작된 후, 그 전에는 못 듣던 소리들이 들렸다. 다음날부터 필성은 엄마의 라디오를 함께 들었다. 엄밀히 말하면 혼자 들었다. 엄마는 틀어 놨을 뿐 나오는 음악에 관심을 가진 것은 아니었다. 적막을 막아 놓는 정도였던 것 같다. 필성은 음악을 들었다.

1990년은 때마침 배철수의 음악캠프가 시작된 해였다. 필성은 배철수의 음악캠프가 특히 좋았다. 저녁밥을 먹으며 시작한 음악캠프는 여름날에는 해가 질 무렵 끝이 나곤 했다. '디스크자키, 배철수였습니다.'라고 끝인사를 할 때면 창밖은 주홍빛과 검은색이 섞여 밤으로 넘어가고 있었다.

필성은 그 색깔과 그 서늘함이 좋았다. 몽롱해지고 아득해지는 느낌이 좋았다. 그것은 울고 있는 엄마를 데리고 다른 세상으로, 다른 우주로 떠나는 기분이었다. 필성의 시간 중에 가장 배 부르고 가장 아름다운 시간에 흐르던 음악이 팝송이었다. 처음 들을 때는 팝송이 잘 들리지 않고, 지루했지만 그렇게 일 년이 지나자 아는 노래가 생기고, 좋아하는 그룹도 생겼다. 그 첫 번째가 티엘시였다. 은주를 닮은 레프트아이가 있던 티엘시. 은주를 마음속에서 정리한 시기는 필성이 첫 번째 자해를 하고 난 후였다. 그때 엄마의 울음소리가 끊어졌다. 울음 대신 음악 소리가 커졌고, 엄마와 음악을 함께 들었다.
'그들이 다시 너를 실망시킬까?' Will they let you down again?
티엘시의 노래가 흐르는 평화로운 잠깐의 시간이었다.

필성은 출근을 서둘렀다. 엄마방에 들를까 잠시 망설였지만 늘 그렇듯 말없이 현관을 나섰다. 울음소리가 필성의 신발에 붙은 껌처럼 떨어지질 않았다.
'어?'
점장이 또 매장에 나와 있었다. 점장은 매장 안쪽에서 창고정리를 하거나 거기에 딸린 방에서 자곤 했다. 그런데 요즘 들어 매장에 나와 있는 일이 잦아졌다. 필성은 자신이 음악을 듣느라 매장관리를 소홀히 한다는 의심을 받는 건 아닌지 마음에 걸렸다. 하지만 점장은 별말 없이 평소와 같이 편안한 목소리로 말을 건넸다.
"필성씨, 오늘 좋아보이네요."
필성은 점장의 목소리와 젊음에 때때로 질투를 느꼈다. 어떻게 남자가 저렇게 부드러운 분위기를 만들어 낼 수 있는지 다시 태어난다면 필성도 점장처럼 웃고 싶다고 생각했다. 점장이 창고로 들어갔다. 필성은 안심하며 이어폰을 꽂고 노래를 들었다. 카펜터스의 클로즈 투 유가 나오고 있었다.

'너와 친해지고 싶어해. 꼭 나처럼.'

Just like me, they long to be close to you.

부드러운 점장의 목소리를 듣고 난 후 달콤한 음악까지 들어서인지 필성은 깜박 잠이 들었다. 얼마나 잤을까? 누군가 머리카락을 쓸어 올리고, 이마에 손을 대는 선뜩한 느낌이 들었다. 왼쪽 귀에 뜨거운 입김이 느껴졌다.

"필성 씨"

동굴에서 나는 소리같이 낮고 울리는 부드러운 목소리, 점장이었다. 화들짝 몸을 일으켰다.

"괜찮아요?"

그가 내 손을 잡고 말했다.

'뭐지?'

필성은 당황스러워서 열감까지 느껴졌다. 그가 잡은 필성의 손에 땀이 맺혔다. 순간 도나가 떠올랐다. 떠올랐을 뿐인데 미안하다는 생각도 들었다. 필성이 무엇을 더 생각할 틈도 없이 점장이 말했다.

"필성 씨, 우리 힘내요. 끝까지 함께 할게요."

필성은 점장을 쳐다보았다. 점장은 말을 이었다.

"필성씨 그동안 힘들게 살아온 거 그래도 성실하게 살아온 거 말하지 않아도 보여요. 제가 있으니까 조금 힘내고 열심히 살아봐요. 같이 열심히 해봐요."

필성은 당혹감과 더불어 그에게 순간 와락, 안길 뻔한 감정을 억눌러야했다. 점장이 창고로 다시 들어가지 않았다면 눈물을 보였을 수도 있었다. 점장이 필성에게 호감을 가지고 있다는 건 이미 알고 있었다. 그러나 그것은 아르바이트생을 다루는 윗사람으로서의 관리 차원 혹은 타고난 품성이 부드럽고 착한 사람으로서의 관계 맺기 정도라고 생각했다.

오늘은 달랐다. 머리카락을 쓸어 올렸고, 귓속말을 하고, 손을 잡은 데다 심지어 지켜보고 있었다며 그동안 필성의 아픔을 이해하고 있음을 말했다. 게다가 자신이 있으니 자신과 같이, 그리고 함께 행복하자는... 아...고백이었다. 이건 분명 고백이었다. 카펜터스는 배경음악처럼 장면을 고조시키며, 필성의 왼쪽 귀에서 달콤하게 노래하고 있었다.

'꿈을 실현하기로 해요.' And decided to create a dream come true

그러나 곧 필성은 머리를 흔들며 마음을 가다듬었다. 심지어 이어폰을 뺐다. 경계심을 끌어올렸다. 남중과 남고를 나오고 짧은 전문 대학 생활을 하다가 군대를 갔으니, 십 대 중반부터 이십 대 중반까지는 남자들과만 생활했다고 해도 과언이 아니었다.

필성은 지금도 160센티가 조금 넘는, 남자 키로는 작은 편인 데다 몸집도 작았다. 또 유난히 하얀 피부를 가졌다. 그러다 보니 뜻하지 않게 농락의 대상이 된 적이 있었다. 고등학교 2학년 때와 이등병 때였다. 이등병 때 당한 농락은 모멸감 그 자체여서 떠올리고 싶지도 않았다. 심각한 세 번째 자해가 있고 나서야 농락은 종료되었다. 그러나

고등학교 때는 농락이라기보다는 연애였다고 필성은 추억했다.
현수는 190센티에 가까운 큰 키에 두터운 목소리를 지녔다. 현수에게 마음이 끌린 날은 교내 체육대회 기마전 연습을 할 때였다. 기마전은 두 명이 팔을 엮어 안장을 만들고, 또 다른 한 명이 그 팔에 앉아 상대팀과 싸우는 종목이었다. 가벼운 필성은 당연히 앉아서 싸우는 그 한명이어야 했다.
"혼자로도 난 충분하지!! 으하하하."
현수는 이렇게 말하고 바로, 필성을 번쩍 들어 올려 목마를 태웠다. 충격적이었다. 필성의 표정을 본 담임 선생님은 현수를 나무랐다. 다른 친구들도 약한 필성에 대한 현수의 놀림 혹은 폭력이라고 여겼다.
그러나 필성의 충격은 거기서 비롯한 것이 아니었다. 다섯 살 때 돌아가신 아빠가 떠올랐기 때문이었다. 아빠에 대한 필성의 기억은 딱 두 가지였다. 흥얼거리던 아빠의 노랫소리, 그리고 아빠가 목마를 태울 때마다 휙 하고 떠올랐던 자신의 몸, 동시에 심장이 툭하고 떨어진 것 같은 격동적인 흔들림, 그 느낌이었다. 어린 필성이 아빠의 목에 올라 탄 그 아슬아슬하며 위험한 느낌을 그 날, 현수의 목이 재현했던 것이다. 그 후 필성은 현수를 따랐고, 현수는 필성을 자주 안고 들어서 돌리거나 던졌다.
현수와의 관계는 2학년 크리스마스 이브에 완전히 끝났다. 필성은 현수의 입술에 자신의 입술을 댔고, 곧바로 꽁꽁 언 땅바닥에 꽂힌 채 현수의 큰 주먹에 필성의 입술이 터졌다. 두 번째 자해가 일어났지만 그리 오래 가지는 않았다. 자해보다 중요한 일이 바로 일어났기 때문이었다. 살면서 이날에 대해 얘기할 때면 필성은 그답지 않게 몹시 흥분하곤 했다. 당시 열여덟살인 필성은 자신의 음악인생에 큰 변곡점이 된 중요한 사건이었다며 일기장에 기록했는데 특히 변곡점이라는 단어를 특별히 정성스럽게 썼다.

그날도 여느때와 다르지 않았다. 엄마는 필성의 드레싱을 갈고 있었고 필성은 배철수의 음악캠프를 듣고 있었다. 광고가 끝나고 음악이 나왔다. 그런데 자신의 기억속에 있던 아빠의 노랫소리와 일치하는 음악이 흘러나오는 것이 아닌가. 브레드의 이프였다. 이 노래였구나. 노래 전체를 듣는 순간, 눈 앞의 안개가 걷혔고 머리가 점점 맑아졌으며 가슴에서는 폭포수소리가 났다. 답답했던 것들이 다 해소되어 시원해진 느낌이었다. 아빠의 노래가 실제 존재하는 것이었고 심지어 멋지기까지 하다는 사실에 필성은 그 가수가 아빠인 양 벅찼다. 필성이 몹시 흥분해서 말까지 더듬어가며 엄마에게 아빠의 노래이야기를 했다. 하지만 엄마는 아빠에 대해 좋은 기억이 없다며 서둘러 드레싱을 마무리했다.

그러나 필성에게는 좋은 기억만 있었다. 필성은 자신의 가장 행복한 시절은 잘 기억나지 않지만 아빠가 있었던, 아빠가 필성의 곁에 있었던 다섯살까지였다고 생각했다. 기억나는 건 오직 두 가지뿐이었지만 기억하지 못하는 더 행복했던 여러 가지가 있었을 수도 있지 않은가.

그때 필성은 마른 붕대를 어루만지고 나서 오른손으로 일기를 썼다. 일기장에 아빠가 있었던 시간 그 1970년대가 그립다라고 적었는데 다른 부분은 기억이 희미해졌지만 '그립다'라는 자필글씨는 지금까지 선명하게 떠올랐다. 그날부터였을 것이다. 70년대 팝만이 필성의 갈증을 해소할 수 있게 된 것이. 90년대와 밀레니엄 그리고 또 20년을 건너며 필성은 내내 목이 말랐다. 그래도 아버지가 숨쉬던 시절의 노래들로 필성은 간신히 호흡할 수 있었다. 다행이었다.

딸랑딸랑—

편의점 문이 열렸다.
'도나?'
필성은 문을 돌아봤다. 조카다. 누나 딸인 예리는 고등학교 2학년이다. 어디를 다니다가 오는건지 밤 열두시가 넘어서 불쑥불쑥 매장에 나타나곤 했다. 예리는 오자마자 핸드폰 음악을 크게 틀고, 편의점을 휘젓고 다녔다. 인사도 하지 않고 매장의 음식도 마음대로 먹는다. 오늘은 냉장고 문을 열고 한참을 닫지 않고 그대로 서 있었다.
"에이 먹을 것도 없네."
문을 세게 닫는 진동이 느껴졌다. 음료병을 따는 소리가 들리고 무언가 쩝쩝거리며 먹는 소리가 이어폰 너머로도 들렸다. 예리가 이럴 때마다 점장이 나올까 심장이 불규칙하게 뛰었지만 다행히 예리와 점장이 마주친 적은 한 번도 없었다. 요새 애들이 다 저렇다지만 예리는 진짜 심각했다. 하지만 필성은 아무 말도 하지 않았다. 그것이 어렸을 때부터 고생한 누나에 대한 최소한의 예의였다.

필성이 예리에 대해 가장 참기 힘든 건 따로 있었다. 그건 예리의 핸드폰에서 퍼져 나오는 노래였다. 필성은 특히 요즘 가요에 대해서는 인내심이 달렸다. 현재 유행하는 노래가 들리면 가슴속이 불끈하고 화가 치밀었다. 숨이 막히고 답답해서 소리 지르고 싶었다. 그럴때마다 평정심을 잃지 않기 위해 주먹을 세게 쥐어야 할 정도였다. 그 노래들에서는 희망을 느낄 수가 없었다. 필성의 행복도 없었다. 70년대 필성의 음악이 절실했다. 하지만 예리를 나무랄 수는 없었다. 필성의 주먹 쥔 손바닥에 손톱이 더 깊이 파고들었다.

필성은 빨리 두 시가 와서 도나가 왔으면 좋겠다고 생각했다. 오늘은 너무 혼란스럽고 답답한 날이었다. 점장의 손길이 여전히 이마와 손에 남아 있는데다 예리의 노래때문에 머리가 아팠다. 도나가 오면, 도나만 오면, 모든 것이 정리될 것이다. 현수를 떠오르게 한 점장에 대한 끌림도 어지럽게 돌아다니는 저 아이돌 노래도 다 선명하게 정리가 될 것이다. 어서 도나가 왔으면.

오늘

'몇 시지?'
퇴근하고 꽤 잔 것 같은데 '아직 출근 시간이 안 됐나?' 집안이 조용했다. 필성은 지난 새벽, 끝내 도나를 만나지 못했다. 도나는 오지 않았다. 그녀를 만난 이후로 처음 있는 일이었다. 그런데 필성은 이상하게도 안심이 되었다. 점장과 어제 있었던 특별한 순간에 대해 스스로

정리할 시간이 필요했다.

'점장, 도나, 도나, 점장......'

왜 이들은 필성을 그토록 오래 기다리게 하고 굳이 이 순간, 동시에 나타난 것인가? 필성은 자신의 운명이 얄미우면서도 벅차게 감사했다.

'가만.'

그러고보니 집안이 정말 이상했다. 너무 오래 조용했다. 엄마, 엄마의 울음소리가 들리지 않는다. 엄마의 울음소리는 참기 힘들지만 엄마가 울지 않는 것은 아주 큰 일이었다. 엄마는 큰 일이 생기면 울지 않았다. 필성이 자해를 하고 치료를 받을 때마다 엄마는 울지 않고 필성 옆에서 음악을 틀어 주었다. 누나가 이혼한 후 당신과 닮은 얼굴로 나타났을 때도 엄마는 울지 않았다.

엄마가 우는 대신 필성이 자해를 했다. 필성은 모든 불행이 자신 때문인 것 같다고 그래서 그랬다고 말했다. 그러나 사실 그게 이유의 전부는 아니었다. 일종의 습관이었다. 상황이 감당이 안 될 때 그래서 필성 자신이 초라하고 무력해질 때 몸을 혹사하면 잡념이 없어졌다. 몸의 혹사가 조금 과격해졌을 뿐이라고 필성은 스스로에게 말했다.

여섯 번째 자해는 경찰이 발견했다. 그때 조서에 '자살 기도'라고 쓴 걸 보고, 누구에게 말 한 적은 없지만 필성은 적잖이 충격을 받았다. 필성은 자살할 생각은 절대 없었다. 단지 자신에게 집중한 그 시점이 좋았고 이후 엄마와 함께 음악을 듣는 시간이 나쁘지 않았을 뿐이었다.

그런데 오늘 엄마의 울음소리가 들리지 않았다. 불길한 일이 일어 나려는 게 아닐까. 불안감이 들 정도로 지나치게 조용했다.
필성은 괜히,
'엄마'
라고 중얼거려 보았다. 엄마...엄마...엄마라고 말하는 필성의 목소리에 알 수 없는 울음이 따라왔다. 엄마라는 말은 끝내 목구멍을 통과하지 못했다.
띠리리링-
문이 열렸다. 필성은 '엄마?'라고 말하려다가 그만두었다. 바로 노랫소리가 들렸기 때문이다. 예리였다. 밥을 먹으러 왔는지 부엌에서 소리가 요란했다. 그래도 편의점이 아닌 집에 오는 예리는 감당할 수 있었다. 필성은 출근을 서둘렀다.
엘비스 프레슬리의 버닝 러브를 들으며 걸었다. 점장이 떠올랐다. 그를 생각하는 것만으로 몸의 세포 하나하나가 느슨하게 풀리며 편안함이 온몸을 감쌌다. 필성은 애써 머리를 흔들어 점장을 털어 버리려고 애썼다. 오늘 가면 점장을 똑바로 쳐다봐야겠다고 마음을 먹었다. 또 다시 현수의 실패를 되풀이해서는 안 되었다.
혹시나 필성은 스스로 자신을 제어할 수 없이 될까봐 정신을 바짝 차리고, 골목을 돌아 편의점에 다다랐다. 여전히 엘비스 플레슬리가 노래하고 있었다.
'어디로 가야 할지 몰라.'

I don't know which way to go.

'어?'

편의점 분위기가 심상치가 않았다. 필성은 직감적으로 큰 사고가 났다는 걸 알 수 있었다.

'어제 도나가 오지 않았는데... 혹시 도나에게 무슨 일이 생긴 건... 아니, 저기 창고 근처에서 소리가 크게 들리는데 점장? 점장에게 사고가 난 건가?'

필성의 심장은 주체할 수 없이 벌렁대기 시작했다.

"여기 좀 빨리 와 보세요."

"사람이 죽어가요."

"어떻게 좀 해보세요. 이러다 진짜… 흑흑흑"

고함지르는 사람, 통곡하는 사람, 구급차 소리인지 소방차 소리인지 심장을 자극하는 소리들이 가득 편의점 앞을 메우고 있었다. 필성은 도저히 편의점으로 들어갈 용기가 나지 않았다. 퀸의 돈 스탑 미 나우가 귀에서 울려 대고 있었고 필성은 발길을 돌려 집을 향해 뛰었다. 엄마를 봐야겠다는 생각만이 간절했다.

'엄마, 엄마'

필성은 현관문을 열며 크게 외쳤다.

'제기랄.'

목소리가 나오지 않았다. 울컥하는 눈물이 소리를 다 막았다. 안방 문을 열었다. 엄마는 거기에 없었다. 방은 마치 아무도 없었던 것처럼 텅 비어 있었다. 놀란 필성은 쓰러지려는 몸을 겨우 일으켜 부엌으로 갔다. 이사를 간 집처럼 부엌에도 그릇 하나 남아 있지 않았다. 방금까지 예리가 밥을 먹던 주방인데 이럴 수는 없었다. 필성은 그 자리에 주저앉았다.

쾅쾅쾅 쾅-

문을 두드리는 소리가 났다.

"필성아 아이아 아, 필성아 아아아 아"

'누나?'

누나 목소리다. 이혼하고 난 후 누나는 우리 집에 온 적이 없었다. 예리만 들락거렸을 뿐이다. 먹고 사는 게 바빠서라고 했지만 엄마를 보는 게 슬퍼서였다는 걸 엄마도, 필성도 알고 있었다.

쾅쾅쾅 쾅쾅쾅 쾅쾅쾅-

문을 두드리는 소리가 너무 커서였는지 필성의 몸이 들썩거렸다. 누나만이 아니다. 사람들의 소리가 들렸다. 좀 전에 편의점 앞에서 났던 그 소리들이 바로 앞까지 왔다.

'나가야 하나? 헉헉. 아니면 어디로 숨어야 하나? 헉헉. 도망가야 하나?'

뭐가 뭔지 하나도 알 수가 없었다. 정신이 없는 데다 숨까지 찼다. 필성은 혹시나 자신도 모르게 나쁜 일에 연루되었는지 되짚어보고, 또 되짚어 보았다. 생각을 하면 할수록 불길했다. 마음이 아프고 심장이 아팠다.

'혹시 도나...도나인가? 도나가...'

그 순간 갑자기 무서울 정도로 사방이 조용해졌다.

삐이- 삐이-

기계음 소리가 들렸다. 곧이어 알코올 냄새가 필성의 코에 들이찼다. 알코올 냄새. 도나다. '도나라고 부르려는 순간, 필성의 심장에 뜨거운 철판같은 것이 붙었다가 떨어졌다.

"이백!"

"차지!"

"물러서!"

고함이 들렸다. 주변은 다급했다. 그런데 필성은 아무렇지도 않았다. 아프지 않았고, 아무것도 느껴지지 않았다.

"결정하셨어요?"

도나, 도나의 목소리다.

"벌써 삼 개월 넘게 흠... 전에도 말씀드렸다시피 사실상 거의 코마 음 뇌사상태예요. 어머님이 계속 붙잡고 계셔서 병원에서도 연명 치료를 하고 있긴 했지만 음... 주치의로서 죄송합니다만 희망이 없습니다. 저도 매일 회진하며 의식을 깨워보려고 했는데 음... 이번이 일곱 번째라고 하셨죠? 그 자살시도. 휴우... 이번엔 약을 너무 많이 드셨어요."

어둠 속에서 도나가 여전히 가늘고 털털한 목소리로 말했다. 필성은 도나가 무슨 말을 하는 건지 이해할 수 없었다. 도나를 붙잡고 물어보고 싶었지만 필성의 몸은 굳은 듯 꼼짝하지 않았다.

"네...... 선생님... 흑...그... 심폐소생, 그만 해 주세요... 흑흑"

누나다. 누나... 누나...필성의 누나가 말을 계속 이었다.

"저도 돌볼 형편이 더 이상 안 돼요. 병원비 대느라... 흑. 엄마도 어제 돌아가셨고...흑흑. 지금 장례 중인데다가...제 딸이 계속 오는 것도... 엉엉. 미안... 필성아... 미안해...흑흑. 불쌍한 내 동생."

"누님 탓이 아니에요."

점장의 목소리다.

"장기도 이미 들어오실 때부터 그때부터 다 손상되었고, 중환자실로 오실 때마다 제가 전담하면서도 안타까웠어요. 그래도 어머님보다는 하루 더 사셨네요. 이분... 간호하면서 보니 요 며칠은 무슨 꿈을 꾸시는지 간간히 웃기도 하시고... 여하튼 마지막은 편안해하셨어요. 이제 음악 끌게요. 어머님께서 간곡하게 부탁하신거여서..."

여전히 부드러운 점장, 그의 목소리가 음악과 함께 점점 희미해지고 있었다.

삐이이이 이 이 이이 이-

"사망시각 2020년 8월 20일 23시 17분."

도나가 말했다.

포
스
트
잇

댄스학원을 나서며 희정은 허리가 심상치 않음을 느꼈다. 삼수 끝에 9급 공무원시험에 합격하고, 주민센터에 발령받자마자, 희정이 가장 먼저 한 일이 댄스학원 등록이었다. 그 후로 무려 15년 동안, 댄스는 희정의 몸과 마음을 달래 주었다. 연애를 할 때도 안 할 때도, 일 때문에 힘들 때도, 일이 재밌을 때도, 인생이 빛날 때도, 공허할 때도 희정은 댄스학원 벽면 거울 속에서 춤을 추고 있었다.

회식이 있어도 댄스학원 수업 시간과 겹치면 거절했다. 그런 순간의 희정은 놀랄 만큼 단호해서 누구도 한 번 더 참석을 권유하지 못했다. 3년 전 전임 주민센터에서 근무할 때였다.
"회식인데 당연히 같이 가야지."
희정을 알 리 없는 새 동장이 근엄하게 말한 적이 있었다. 그리고 바로, 그 동장은 희정과 눈을 정면으로 마주치며, 그녀의 논리적 문장을 고스란히 감당해야 했다. 그때의 단호함은 연공서열로 누를 수 있는 게 아니었다.
'이번 춤이 무리였나? 이 나이에...어머.'
희정은 또 나이로 얼버무리려는 생각을 서둘러 막았다. 점심시간에 동료인 유미와 도시락을 먹으며 '마흔 넘으니'로 시작해서 '누가 더 아픈 곳이 많은가'로 끝난 대화를 이미 나눈 터였다.
"지겨워."
지겹다는 생각을 하기도 전에 말이 먼저 나왔다. 요즘 들어 자주 있는 일이었다. 희정은 유미에게 농담 반 진담 반으로 이것에 대해 말한 적이 있었다. 허리 아픈 뒤로 생긴 후유증인 것 같다느니, 몸이 아프니 마음이 제 멋대로 튀어나오는 거라느니 하면서 본인이 이상한 말을 하더라도 너무 놀라지 말라고 깔깔거리며 말했다. 그런 희정에게 유미는 걱정스러운 눈빛으로 말했다.
"어쩐지 진심같네. 난...... 자기 그 맘대로 튀어나오는 말들이."
희정은 조심조심 허리를 부여잡고, 아파트 엘리베이터를 기다렸다. 1층 버튼에 녹색 불이 켜졌다.

띠링—

오른발을 엘리베이터 안에 넣으려던 희정이 멈칫했다.

'앗.'

엘리베이터 안 거울에 노란색 포스트잇이 더덕더덕 붙어 있었다. 이사 온 지 한 달이 되는 동안 벌써 세 번째였다. 사실 두 번은 직접 본 것은 아니었다. 포스트잇이 이미 치워진 후에 붙어 있는 관리실 안내문을 봤을 뿐이었다.

**엘리베이터 안에 욕설이나 협박을 쓴
포스트잇을 절대 붙이지 마시오.
　　　　　　　관리사무소장.**

엄밀히 말하면 희정에게는 첫 번째였다.

'진짜 있었네. 이런 게.'

희정은 허리 아픈 것도 잊고 포스트잇이 붙은 거울로 성큼 다가갔다. 궁금한 것은 못 참는 성격이었다. 희정의 이 성격은 민원창구에서 일할 때에 여러 번 민원인들의 큰 소리를 이끌어 내곤 했다.

'아니, 뭐, 아가씨가 경찰이야? 뭐야? 뭘 이렇게 꼬치꼬치 물어?'

라며 화를 내는 민원인부터

'어머. 제가 그것까지 그쪽에 말해야 되나요?'

라고 정색하며 선을 긋는 민원인까지 희정의 성격에 당황한 사람들이 여럿 있었다.

포스트잇을 자세히 보던 희정은 두 가지를 알아냈다. 첫 번째는 중얼거리는 술주정같은 말투에 완전한 문장은 없었다는 것이었다. 두 번째는 크기가 제각각인 글자들이 각 글자의 끝이 사방으로 휘날린다는 것이었다. 희정은 두 가지를 종합해 봤을 때 이 사람은 매우 흥분한 상태로 소리지르듯 적은 것임에 틀림없다고 생각했다.

'시끄'
          '새끼들아'
     '쿵쿵거리지.'
  '이 미친.'
       '다 찾아 낼'
'시끄러.'   '나가아아'

엘리베이터 한 면 가득한 거울 속에서 노란 포스트잇이 어지럽게 흔들리고 있었다. 얼핏 보면 노란 손수건이 달린 오크나무같이 아련해 보이기도 했다. 희정은 자기도 모르게 거울을 가만히 응시했다.

거울 속에 또 거울 속에 그리고 또 거울 속에 비치는 노란 것들 속으로 빨려 들어가는 느낌이 들었다. 어지럽게 붙어 있어서였을까. 글씨를 썼다기보다 비명을 지르는 것 같은 느낌이 들었다.

"소름 끼쳐."
 희정의 말이 또 샜다. 그나마 엘리베이터 안에 혼자 있었으니 다행이었다.

 띵-
 11층에 엘리베이터가 멈췄다.
 "후"
 엘리베이터 안에 있는 시간동안 숨을 한 번도 쉬지 않았던 것처럼 희정은 참았던 숨을 뱉었다.
 "악!"
 집 현관을 향해 몸을 돌리던 희정은 소리를 질렀다. 희정의 집 현관문 앞에는 깨진 달걀 껍질과 끈적한 달걀 물, 그리고 흙들이 범벅이 되어 있었다. 그리고 문 앞에는 그 소름 끼치는 글씨가 적힌 포스트잇이 붙어 있었다.

 '조용히 '
      '해'   '죽일거야?'

 희정은 손이 부들부들 떨리고, 심장이 덜커덩덜커덩거렸다. 눈앞이 캄캄해져서 넘어질 것 같아 오른손으로 문을 짚었다.
 "악!"

하필이면 손이 미끈한 계란물에 닿았다. 그 때 앞집 1101호 문이 열리고 목소리가 들렸다.
"괜찮아요?"
앞집 여자였다.
"아니요."
희정은 간신히 대답을 했다. 그러나 발성이 또박또박해서 희정이 괜찮지 않음은 명확하게 전달되었다.
"에휴, 처음이죠? 이사 오신 지 얼마 안 돼서…"
"이거 아세요?"
"그럼요. 1002호 아저씨예요."
"1002호면…제 아래층…이요?"
"거기 종종 그래. 그리고 우리 집도 붙어 있어요. 봐요."
여자가 1101호 현관문을 반쯤 닫으니 달걀물과 흙, 그리고 포스트잇이 차례로 보였다.
"아마 1402호까지 붙었을거야. 그 아저씨 좀 이상해요."
희정은 자신만 당한 게 아니라는 얘기에 일단 안심이 됐다. 마음을 한숨 돌리고 나니 다시 허리가 아팠다. 허리를 잡고 일어나서 앞집 포스트잇을 살펴봤다. 정확히 확인을 해야 했다.
본인의 집에 특히 더 심한 건 아닌지 희정은 샅샅이 1101호 현관을 살폈다. 흙의 정도, 달걀물의 정도, 포스트잇 문구 하나 하나를 본인의 현관과 비교하며 보았다. 분석하다보니 처음만큼 소름이 끼치지는 않았다.

"그 아저씨 층간소음에 민감해요. 게다가 좀 정상은 아닌 ...여튼 좀 그래요."

"그래도 이건 좀 심한 거 아니에요? 내려가서 얘기 좀 할까봐요."

"아이구, 절대 문 안 열어요. 그 사람. 여기 사람들이 얼마나 많이 찾아갔게. 관리 사무소에 내가 전화할게요. 이거 치워 달라고도 하고. 아휴, 나도 꺼림칙해서 손도 대고 싶지 않아. 그냥 둬요. 아가씨도."

"아...네. 감사합니다. 들어가세요."

희정은 현관문을 닫고 들어왔다. 신발을 벗고 거실로 들어가려다, 뒤를 돌아 보조 잠금장치를 걸었다. 그리고 거실에 발바닥을 댔다.

"아."

화들짝 놀란 듯 희정은 발바닥을 바로 떼며, 엄지발가락으로만 걸어서 소파에 앉았다. 콩콩대는 심장 소리가 거실을 통째로 울리고 있었다. 희정은 한참을 그렇게 앉아 있었다. 그리고 결심을 한 듯 일어섰다.

'일단, 내일 매트부터 사야겠군.'

희정은 열 시 반을 넘기지 못하고, 잠이 드는 편이었다. 오늘은 허리가 아프기도 했고, 놀라기도 해서인지 열 한 시까지 잠이 들지 않았다.

위잉위잉끼깅깅낑쿵쿵땅땅채애앵쌕-

정확히 열 한시가 되자, 굉음같은 전자 악기 소리가 들리기 시작했다.

'뭐지?'

메탈 음악인지 락 음악인지 모를 자극적인 음악 소리가 우퍼 스피커를 달아 놓은 듯 침대 밑바닥에서 울리고 있었다.

'이게 이렇게 큰 소리였네.'

사실 희정은 이사 온 뒤로 거의 매일 이 소리를 들었다. 희정의 장점이 머리를 대면 바로 자는 것이었는데도 불구하고 전자음 소리는 희정의 숙면까지 뚫었던 것이다.

"미친"

생각이 또 샜다.

'흠...여기 층간소음이 심각하긴 하네. 누가 저렇게 밤에 음악을 크게 들어? 미친, 예민한 사람들은 진짜 돌겠네.'

이 음악 소리를 들으니, 아래층 1002호 아저씨라는 사람이 이해가 되기도 했다. 이해가 되고 나니, 포스트잇에 대한 무서움이 좀 옅어지는 기분이 들었다. 음악 소리는 정확히 1시까지 이어졌으며, 희정은 그걸 자장가 삼아 잠이 들었다.

다음날 희정은 오후에 조퇴를 하고, 병원을 갔다. 허리가 아픈 것이 심상치 않았다. 응대 매뉴얼상 앉아서 민원처리를 해야 하는데 의자에 앉기가 불편했다. 희정은 수시로 일어서서 주민을 응대했고 보다 못한 계장이 조퇴를 권했다.

"디스크까지는 아닌데, 그렇게 될 수도 있어요. 당분간 운동하지 마세요. 허리 안 쓰는 게 최선이에요. 물리 치료 열심히 받고요."
 의사의 진단에 희정은 진심으로 상심했다. 댄스학원을 못 간다는 생각은 해본 적이 없었다. 이런 날이 오는 건 어쩌면 당연한 것인데도 미처 생각하지 못했던 것이다. 삼 년 전 인대를 다쳐 깁스를 한 적이 있었다. 그때는 다친 것이었고, 나으면 다시 돌아가는 것이니 걱정하지 않았다. 이번에는 달랐다. 원인을 알 수 없는 허리통증이었다. 결국 그 진단은 낫기도 어렵고, 낫는다 해도 이전으로 돌아갈 수 있는 게 아니라는 의미로 들렸다.
 일종의 선고 같았다.

 "노화를 인정해"
 "언니!"
 핸드폰 속에서 둘째 언니 희숙이 희정만큼 단호한 목소리로 말했다.
 "너 마흔 둘이야. 니가 우리 자매 셋 사이에서나 젊지, 진짜 어린 줄 알았어? 우리 셋 다 결혼 안 하고 사니까 나이 먹는 거 인식을 못 하는구만. 정신 차리고 살라구."
 "아. 몰라. 끊어. 나 분리 수거해야 돼."
 희숙에게 괜히 씩씩거리고 난 뒤, 희정은 재활용품을 가지고 분리수거장으로 움직였다. 희정은 일주일에 한 번 있는 분리수거 하는 날을 지키는 편이었다. 한 번 거르면 쓰레기가 쌓여 있는 것도 힘들지만, 무거워서 두 번을 왔다 갔다 하는 것이 더 싫었다. 희정은 키도 작은데 손도 남보다 작았다. 그렇다보니 한 번에 많은 양을 나를 수 없었다. 희정은 제 몸을 인정했고, 그에 따라 루틴을 만들었으며 그것을 지키는 편이었다.

분리수거를 끝내고, 엘리베이터를 기다렸다. 엘리베이터는 5층을 지나 올라가고 있었다. 10층에 멈춘 엘리베이터는 곧 내려오기 시작했다.

'설마, 1002호?'

엘리베이터 숫자가 줄어들수록 희정의 눈은 더 커지고, 숨소리가 신중해졌다.

띵-

엘리베이터 문이 열렸다. 남자가 내렸다. 마른 체형에 모자를 쓴 채, 고개를 푹 숙이고 내렸다. 왜 그랬을까. 희정은 그 남자가 분명, 1002호일거라는 확신이 들었다.

"아저씨!"

이 소리는 희정의 생각이 또 입밖으로 샌 것이 분명했다. 하필이면 지금, 미친 게 틀림없다고 생각하면서도 희정은 자신의 입을 멈추지 못했다. 희정은 빠른 걸음으로 자신을 지나치는 남자를 불렀고, 남자는 비틀거리며 걸음을 멈췄다.

"아저씨, 1002호 사시는 분 맞죠?"

무서운 것보다 궁금함이 먼저였다. 희정의 입과 눈, 그리고 몸이 희정의 두려움과 다르게 움직였다.

"미친"

희정은 자신의 행동에 어이가 없었다. 질책하는 혼잣말이 곧바로 샜다. 그러나 늦었다. 남자가 뒤를 돌아 희정을 봤다.

"그　　무　　오"

남자의 시선은 이리저리 휘청거렸고 희정을 똑바로 보지 못했다. 얼굴은 하얗다고 볼 수 있으나 좀 더 정확히 말하면 멀건 피부톤을 지녔다. 또 모자를 썼어도 머리숱이 없다는 게 느껴지는 사람이었다. 희정의 심장은 생각보다 조용하게 박동하고 있었다. 벌어진 일이었다.

"아저씨가 계란과 포스트잇 붙이셨죠?"

"아　　오　　이"

"맞잖아요. 아저씨. 아저씨가 붙이셨다는 거 이 아파트 사람들이 다 알던데요."

희정은 진상 민원인을 잘 상대했다. 흥분같은 것은 하지 않았다. 또한 조목조목 따지는 솜씨에 대부분의 진상 민원인들도 지쳐서 혹은 질려서 돌아가기가 일쑤였다.

"맞　이 어제　도　시　　이
　　시　러　늑　　어
　부　　죽　　　　시"

숙인 고개를 들지 않고 주문을 외우듯 중얼거리며 말하는 통에 남자의 말은 대부분 알아 들을 수가 없었다. 중간 중간에 튀어나오는 글자만이 바닥에 튕겨서 희정의 귀에 포착되었을 뿐이었다. 남자는 말하는 도중에 가끔씩 주먹을 불끈 쥐었고 그때마다 희정의 어깨가 움찔했다.

'아차차'

그제서야 남자가 정상이 아니라는 생각과 동시에 섬찟한 두려움이 들었다. 하지만 희정은 하던 얘기는 마저 하는 사람이었고, 의문점이 계속 생겨서 말을 끊을 수가 없었다. 그리고 여기는 사람들의 왕래가 잦은 1층 엘리베이터 앞 아닌가. 대화는 계속되었다.

"어제요?"

중얼거리듯 부서진 남자의 말 중에 건져 올린 단어가 있었다. '어제'였다. 희정은 단서를 포착했다는 듯이 또박또박 질문했다.

"어제   다섯시 반P.M 이   아   운 시 일곱시 이십분P.M. 중   그 드 꼬 열시 삼십분P.M. 이   수   그 시 세시A.M.오늘   여섯시 반A.M. 죽 시   어   니   시"

남자는 시간을 말할 때 특이했다. 영어식 표현도 표현인데 심지어 정확히 말했다. 그러나 그 외 다른 말은 다시 웅얼거리고 부서졌다. 희정은 남자가 여러모로 범상치 않다는 걸 알았지만, 이상하게 대화를 멈출만큼 두렵지는 않았다.

"네?"

희정은 남자가 말한 정확한 시간, 그 시간에 자기가 뭘 했는지 잠시 생각했다. 기억이 바로 떠오르지 않을 것 같았지만 생활이 규칙적인 희정이었다. 금방 답을 도출할 수 있었다.

"아저씨, 저는 어제 다섯 시 반에 집에 없었어요. 나머지 시간에도 저는 발끝으로만 걸었어요. 그리고 새벽 세 시는 잘 시간인데 무슨 말씀이세요?"

"세시A.M. 털 시 쿵 이 죽쿵"

남자는 발까지 굴러가며 소리쳤다. 희정은 남자가 무섭다기보다는 그 시간에 왜 소리가 났는지가 더 이해가 되지 않았다.

유미가 희정을 항상 근심하는 부분도 이런 면이었다. 여러 주민들이 들락거리는 주민 센터에는 인구수만큼 다양한 인생들이 매일 몰려왔다. 그 인생들은 각자의 방식대로 말하고, 각자의 눈빛대로 쳐다보며, 각자의 논리대로 민원을 요구했다. 또한 관리자들은 그들의 과거의 경험치와 현재의 책임이 얼마만큼인지와 미래의 안위에 따라 희정에게 절차를 요구했다.

하지만 그들의 요구는 희정이 일을 처리하는 기준이 되지 못했다. 희정은 업무매뉴얼에서 벗어나는 상황이 올 때면 일 자체에만 골몰하는 사람이었다. 상대방은 자신들의 입장을 먼저 고려하여 해결하기를 바라는 사람이었으니 희정과 상대방의 간극은 꽤 컸다. 상대방은 희정을 말이 통하지 않는 사람이라거나 답답한 사람이라며 비난하곤 했다.

가끔은 상대방이 감정적으로 폭발하기 일보 바로 그 직전까지 희정이 무모하게 파고든 적이 있었다. 유미는 이 장면을 여러번 보았고, 위험해 보여서 괜히 희정의 뒤에서 서성거리기도 했다. 그때 조마조마했던 걸 생각하면 유미는 아직도 심장이 쫄깃하다고 했다. 그리고 이 점에 대해 희정에게 여러 번,

"자기가 옳은 거 아는데 걱정돼요."

라는 조언과 혹은,

"왜 자기한테 특별히 도움도 안 되는 일까지 그렇게 집착해요?"

라는 의문을 던진 적이 있었다. 하지만 희정은 유미의 걱정과 질문을 다 이해하지 못했다. 희정은 무언가에 골몰하면 위험이 보이지 않았다.

지금도 희정은 윽박지르는 남자의 모습에서 위험을 감지하기보다는 남자의 일종의 민원에 대해 정확하게 답변을 하고 싶었다.

"아저씨, 제가 화장실 가느라 일어났을 수도 있는데요. 보시다시피 제가 키가 작아서 침대에서 내려올 때 발을 털썩하고 내리지 못해요. 저 아니라구요. 아시겠어요?"

희정의 말투는 조근조근하고 또박또박했으며 리드미컬하기까지 했다. '털썩'이라고 할 때는 동작을 추가해가며 설명했다.

"어 끄 워   사   가
 죽   시"

"아! 맞다."
남자의 답변과 상관없이 희정은 무언가가 생각났다는 듯 말을 이었다.
"어제 전자음악 소리를 들었는데 그것 때문에 그런 거 아니세요? 저 아니에요. 그 소리."

"열 한 시 P.M.   한 시A.M. 나   당
 시   유   죽"

"맞아요. 그 시간."

"내   그   틀   엄   죽"

희정은 왠지 남자의 말을 알아들은 것 같았다. 끊어진 말 사이가 이어서 들렸다. 본인이 음악을 틀었다는 말 같았다. 아니 분명했다.
"뭐라구요?"
희정은 무서울 법도 했지만 화가 먼저 났다.
"층간소음에 포스트잇을 투척하며 화를 내더니 본인이 더 큰 층간소음을 일으킨 거란, 허 참, 그 말씀이신 거예요?"
더 화를 내려다 희정은 다시 재빠르게 정신을 차렸다. 이 사람은 정

상이 아닌 민원인이라고 머릿속에 이미지를 설정했다

"아저씨, 그럼 아저씨가 신경 쓰이는 시간, 제가 더 신경 쓸게요. 오후 다섯 시 반, 일곱 시, 열 시, 그리고 아 맞다. 여섯 시 반 P.M. 이렇게 맞아요? 그 시간들, 제가 신경 쓰면 돼요?"

희정은 1002호의 화법까지 활용하며 민원처럼 응대했다.

"으   시 주   죽"

"네, 그럼 저도 더 주의할 테니까 아저씨도 괜찮으시면 음악 틀지 마세요. 아시겠죠?"

희정에게 남자의 대답은 더 이상 중요하지 않았다. 결론을 내리고 상황을 종결하기로 마음먹었다. 1002호 남자는 고개를 30도 정도 숙이고 염불을 외듯 끊임없이 중얼거리더니, 몸을 돌려 비틀거리며 아파트 현관을 나갔다. 희정도 엘리베이터를 탔다. 층을 안내하는 전광판의 숫자가 점점 커지고 8층과 9층을 지날 무렵, 희정의 심장 박동수는 이미 아파트 꼭대기를 뚫을 만큼 세지고 있었다.

'어머. 미쳤나봐.'

갑자기 왼쪽 눈에서 눈물이 주룩 흘렀다. 처음 있는 일이었다. 심장이 두근대는 것만으로 눈물이 날 수도 있었다.

'휴...내가 무슨 짓을 한 거냐'

후회가 바로 밀려왔다. 집에 들어와서 거실에 앉았다. 시계의 초침 소리가 크게 울렸다. 한참을 그렇게 앉아 있었다. 후회는 불안이 되었고, 곧 걱정으로 바뀌었다. 그리고 그것은 가본 적도 없는 에베레스트 산 그 꼭대기부터 굴러 내려온 눈덩이만큼 불어났다. 차갑고 큰 그 덩어리에 완전히 압도되기 전 희정은 희숙에게 전화를 걸었다.

"등신, 등신, 이 헛똑똑아. 왜 말을 붙여? 너 얼굴 알고 더 해코지하면 어떡하려고. 너 집 이사해. 안 되겠다."

"이사 온 지 한 달밖에 안됐는데 어떻게 그래? 그리고 생각해 보면 싸이코 패스라기 보다는 그냥 좀...음...하여튼 그렇게 센 느낌은 아니었는데."

"얘가 진짜 세상 무서운 걸 모른다. 너 혼자 사는 거 다 알리고, 출퇴근 시간까지 다 알려 주고, 화장실 가는 시간까지...아휴. 이 등신아."

그래도 희숙에게 두려움을 나눠주고 나니 희정은 머릿속이 한결 정리가 되었다. 평소라면 일곱 시에 먹던 저녁을 오늘은 여섯 시 반에 할 생각이다. 그리고 밤에 화장실도 좀 미리 가고 출근 알람을 여섯 시로 바꿨다. 그러고 보니 1002호 남자랑 얘기한 이후에 희정은 한 시간도 넘게 허리 아픈 걸 잊고 있었다.

'뭐 좋은 것도 있네.'

실없이 웃음이 났다. 10시에 잠을 청하고 침대에서 움직이지 않을 생각이었다. 희정은 두어 시간쯤 자다가 결국 화장실 때문에 잠이 깼다. 침대에서 내려가려 발을 내리다가 희정은 정신을 다시 차리고 엄지 발가락으로 디뎠다. 화장실로 걸어가며 희정은 생각했다.

'그래, 아무리 생각해도 털썩하며 발을 내려놓지는 못하는 구조

야. 내 다리 길이로는.'
 한 달이 지났다. 그 동안은 포스트잇도, 음악 소리도 잠잠했다. 그러나 희정은 좀 달라졌다. 희정의 집은 희정의 동선을 중심으로 매트와 러그가 추가되어 깔렸다. 희정의 퇴근 시간과 아파트 출입 동선에도 변화가 생겼다. 댄스학원을 쉬어야 했으므로 다섯 시 반이면 집에 올 수 있었지만 십 분이나 이십 분 혹은 한 시간까지 루틴을 깼다. 아파트를 출입할 때도 중문이나 후문을 이용했다. 가장 크게 달라진 것은 잠이었다. 희정은 약간의 불면증을 갖게 되었다. 하지만 춤을 추지 않아 덜 피곤해서 그런 거라고 생각하기로 했다. 다시 추면 괜찮아질 거라고 스스로를 위로했다.
 그러는 사이 1202호는 이사를 갔다. 그리고 엘리베이터에 인테리어 공고문이 붙었고 공사 소리가 간간히 들렸다.

 쿵! 쿵! 쿵! 쿵! 쿵!
 둔탁한 망치 소리가 방을 흔들었다.
 '토요일은 공사 안 한다고 했는데...어 심지어 저녁 여덟신데 공사를 하네.'
 쿵! 쿵! 쿵! 쿵! 쿵!
 망치소리가 끊이지 않았지만, 어젯밤에 잠을 설친 희정은 몽롱한 채로 잠에 빠졌다.
 띵동-띵동-쾅! 쾅!쾅!
 "거 안에 계세요? 문 좀 여세요!"

이틀치 잠을 몰아 잤는데도 희정은 여전히 몽롱했다.
"경찰이에요. 경찰. 문 여세요!"
'겨..경찰?'
희정은 화들짝 놀라 일어났다. 비틀거리며 현관으로 걸어가서 문을 열었다. 남자 경찰 두 명이 희정의 집 앞에 서 있었다. 경찰이 아침부터 왜 이러는지를 생각하기에 앞서 희정은 그들을 보자마자 요즘 경찰들 참 잘 생기고 키도 크네라는 생각이 먼저 들었다. 하지만 잠결이어서 그런지 말이 새지는 않았다. 다행이었다.
"아 진짜 그러시면 안되죠." 키가 더 큰 경찰이 말했다.
"네?"
"그렇게 밤에 시끄럽게 하시면 안되죠."
정신이 번쩍 들었다.
"네? 저 어제 여덟 시도 안 돼서 잤는데 무슨 말씀이세요?"
"아니...저희는 신고받고 왔는데. 아래층에서 시끄럽다고 망치로 쳤는데도 조용히 안 한다고 신고가 들어왔어요."
"네? 망치가? 헐...그 소리였네...참 나. 들어와서 보세요. 제 집이 지금 어떤 모습인가. 제가 시끄럽게 했으려나. 한 번 보세요."
희정은 경찰들을 데리고 들어와서 깔린 매트와 러그, 그리고 자신의 작은 덩치까지 들먹이며 최선을 다해 억울함을 설명했다. 그리고는 경찰들과 함께 1002호로 내려갔다. 1101호 여자가 말한 대로 아무리 두드려도 1002호의 문은 열리지 않았다.
희정은 정말 화가 났다. 오늘 이 집 앞에서 계속 기다렸다가 뭐라도 해야 직성이 풀릴 것 같았다. 하지만 젊은 경찰들이 희정을 설득했고 희정은 계단을 올라갔다. 경찰까지 온 소동때문인지 여자 둘, 남자 한 명이 희정의 현관 앞에 모여 있었다. 한 명은 앞집 여자인데 나머지 둘은 처음 보는 사람들이었다.

"14층 2호에 사는 사람입니다. 놀라셨죠?"

남자가 먼저 말을 건넸다. 남자는 눈이 부리부리하고 185센티는 족히 넘을 것 같은 키에 다부진 체격을 지녔다.

"1002호 아저씨가 계속 문제가 있죠?"

"아. 네.. 그런데 14층도, 거기도 당하신거예요?"

"네. 저희는 초등학생 아들놈만 둘이라 늘 신경이 쓰여요. 계란에 포스트잇에 그리고 저희 계단에도 나타나고 그랬어요. 저랑 마주친 적이 있었는데 도망가더라구요."

"헐"

희정의 혼잣말이 또다시 샜다.

"그 사람 엘리베이터도 자기 층, 10층에 안 내린대요. 다른 층에서 내려서 계단으로 다니면서 일 저지르고...저는 좀 무서워서..요즘 혼자는 잘 못 나가요.

14층 남자의 부인인 듯하다. 남자의 반밖에 안 될 것 같은 몸을 가졌다. 여자는 남자의 굵은 팔을 꼭 잡고 말했는데 눈이 이미 촉촉하여 눈물이 곧 떨어질 것 같았다.

"세게 나가라니까. 눈 똑바로 뜨고 세게 나가면 일단 피하더라구. 12층 공사하는 인부들한테는 올라오지도 않았대."

남자가 부인에게 큰 눈에 더욱 힘을 주며 말했다.
"그러게...뭐라고 하려 하면 도망가거나 숨거나 그러니까 더 조치를 취할 수도 없고...경찰도 억지로는 문을 못 연다니."
앞집 여자가 말을 거든다.
"오늘 아침에도 포스트잇이 잔뜩 붙었어요. 그래서 이이가 가만 안 둔다고 내려가려던 참이었어요."
14층 여자가 눈물이 맺힌 채로 말했다.
"음...그런데 1002호 아저씨 가족은 없어요?"
희정이 차분한 목소리로 물었다.
"어머니랑 같이 사는 것 같긴 해요. 그런데 어머니가 거동을 잘 못하신다는 얘기도 있고, 어머니를 때린다는 얘기도 있고..."
앞집 여자가 소곤소곤 조용히 말했다.
"이혼당하고 왔다는 얘기도 있어요. 그런데 그게 벌써 10년이 넘었을걸요."
14층 여자도 목소리를 낮춰 속삭였다.
"뭐 그런 얘긴 중요한 게 아니고. 혹시나 무슨 일 있으면 연락하세요. 제 와이프 번호예요. 바로 위층이라 걱정되네요."
"아...네...감사합니다."
사람들을 보내고 희정은 집에 들어와 화장실을 갔다. 손을 씻으며 거울을 보았다.
'어머. 자다 일어나서 바로 나갔었지. 내가.'
그제서야 창피함이 밀려왔다. 곱슬인 머리는 오른쪽으로 다 삐쳐 있었다. 반팔에 칠부 운동복바지를 입고 있었는데, 오른쪽 팔과 오른쪽 다리의 옷감 밑단이 돌돌 말려 올라가 있었다. 양쪽 모두도 아니고 한 쪽씩만, 왜. 아이 씨... 오른쪽.
'그 경찰들과도 이러고 대화를 나눴겠네. 아 진짜 에이. 쪽팔려.'
희정은 일단 오늘은 일요일이니 주중에 집주인에게 전화를 걸어야겠다고 결심했다.

그 후로 두 달, 다시 평화로운 날이 이어졌다. 희정이 경찰까지 대동하고 역으로 문을 치며 소란을 피운 이후 1002호는 두문불출했다. 주민들은 가끔 1002호 모자에 대해 수군거리기는 했으나 무엇 하나 확실한 이야기는 없었다. 1002호를 직접 보고 얘기를 나눈 사람은 거의 없었다. 주민들 얘기를 종합해 보는 동안 희정은 본인이 어쩌면 가장 가까이에서, 가장 길게 얘기를 나눈 사람일지도 모른다는 생각이 들었다.
희정이 1002호 남자를 마주친 건 운이 좋은 경우였고, 또 운이 나쁜 상황이었다. 1002호는 사람들 앞에 좀처럼 나타나지 않았기 때문이었다. 포스트잇과 계란물, 흙, 전자음, 망치소리, 그것이 1002호가 가진 전부였다. 시간이 지나며 주민들도 1002호에게 그 이상이 없다는 걸 확신하게 되었다.
"밑에 집, 요즘 조용하죠? 청소 여사님들이 물어보시더라구요. 달걀물 잘 지워지는 세제 사셨다구."

며칠 전, 1101호 앞집 여자가 집에 들어가는 희정을 세워 말을 걸었다. 앞집 여자 역시 1002호를 크게 위협으로 느끼지 않게 되었다는 걸 알 수 있었다. 1002호는 가끔 궁금할 정도로 꽤 오래 조용했다.

희정은 전세를 빼지 않았고, 나름대로 다시 루틴을 만들며 적응하고 있었다. 예전같이 화려한 댄스를 추지는 않지만 슬슬 춤도 추기 시작했다. 공동주택답게 사람 사는 소리들은 여전히 들렸다. 밤중에 간간이 부부 싸움하는 소리가 들리기도 했다. 다음 날 누군가 경찰에 신고해서 남편을 잡아갔다는 소문을 앞집 아줌마가 전해주기도 했다.

그렇게 소음들이 굉장할 때도 1002호는 조용했다. 더 이상 계란을 던지지도, 포스트잇을 붙이지도 않았고, 망치로 천장을 치거나, 음악을 크게 틀지도 않았다. 그러다 보니 1002호가 사라진 것도 같았다. 모든 것이 희정이 감당할 수 있는 상태로 돌아갔다. 그러나 한 가지는 그대로였다. 희정은 여전히 가끔 불면증이었다. 심지어 불면의 밤이 더 자주 오는 것 같았다. 이틀을 거의 잘 못 자고 하루를 기절하듯 자는 날들이 잦았다.

07:30 P.M.

댄스학원 수업을 마치고 엘리베이터를 탔다. 11층을 누르고 닫힘 버튼을 누르려는 찰나에 공동현관을 들어오는 작은 체구의 노부인이 시야에 들어왔다. 희정은 순간, 찌릿한 심장통증같은 것을 느꼈다. 노부인은 엘리베이터를 향해 천천히 걸었다. 못 본척하고, 엘리베이터 닫힘 버튼을 눌러도 자연스러운 거리였다. 그냥 올라갈까 하는 마음과는 달리 공무원으로서의 태도가 먼저 희정의 손가락을 움직였다.

희정은 열림 버튼을 눌렀다. 노부인은 희정의 배려를 눈치채자 발걸음을 재촉했다.

"고맙습니다."

조용하고 우아한 목소리였다. 노부인의 말이 끝나기 전에 희정은

"몇 층이세요?" 라고 물었다.

"제가 누를게요."

노부인은 살짝 웃으며 고개를 30도정도 숙인 상태로 말하며 10층을 눌렀다. 그 몸동작과 손놀림이 조용했다. 녹색 불이 나란히 들어온 10층과 11층 버튼을 보며 희정은 노부인을 보자마자 느꼈던 심장통증이 우연이 아님을 알았다. 하지만 어쩌면 1002호가 아니라 1001호일지도 몰랐다.

'1002호이실까?'

평소의 희정이라면 분명 말을 걸어 질문을 했을 터였다. 하지만 여러 생각들이 희정의 말을 가로막았다. 지난 몇 달 동안 1002호에 대한 생각을 지나치게 한 탓일까. 왜 그렇게 되었는지, 무슨 일이 있었는지, 묻고 싶은 것이 흘러 넘쳐서 엘리베이터 안이 미어터질 지경이었다.

그러나 뭐라고 설명하기 어려운 무엇이 희정의 궁금함을 무겁게 누르고 있었다. 최근 조용한 날들이 이어지고 있어서였을까. 희정은 자신도 30도쯤 다른 방향으로 흐르고 있음을 느꼈다.

띠딩-

"잘 가요."

노부인이 조용히 내렸다.
"아...네...안녕히..."
희정은 얼떨결에 눈을 맞추고 인사했다. 잠깐 스친 노부인의 눈은 깊었다. 1002호에 대해 오래 의식하고 있어서였을까. 뭐였을까. 하마터면 희정도 같이 깊어질 뻔했다. 희정은 재빨리 마음을 끌어올렸다.
"주책이야."
오랜만이었다. 희정은 입에서 새어 나오는 말들을 주섬주섬 밀어 넣었다. 그리고 버튼을 굳이 누르지 않고 자동으로 엘리베이터 문이 닫힐 때까지 기다렸다. 닫히는 엘리베이터 문 사이로 1002호 현관을 여는 노부인이 보였다.
집으로 들어온 희정은 에어팟을 꽂고, 늘 그렇듯 유튜브를 보았다.
'오늘도 자기는 글렀네.'
본인의 집에서조차 에어팟으로 생활하는 것도 이제 익숙해졌다. 희정은 근래 가장 잘한 일이 에어팟을 산 일이라고 스스로를 칭찬했다. 02:00A.M.을 넘어가고 있었다.

"으아   악"

에어팟 너머로 비명이 들렸다. 희정은 귀에서 에어팟을 뺐다.

"으   아   이 미   치
   어   어   언   아

어   허 어엉   아."

밖에서 나는 소리였다. 아파트 전체를 울릴 만큼 큰 소리가 들렸다. 순간, 희정은 1002호임을 직감했다. 1002호는 한 번도 목소리로 자신을 드러낸 적은 없었다. 그러나 운이 좋게, 혹은 운이 나쁘게 그와 얘기를 나누었던 희정은 그의 목소리와 그의 발음을 정확히 기억하고 있었다. 1002호는 온 아파트에 처음으로 자신의 목소리로 말하고 있었다. 희정의 심장이 두근거리며 쿵쿵 소리를 내기 시작했다.

"사   어   이   어엉"

희정은 벌떡 일어났다. 침대에서 내려와 거실로 나가자 볼륨을 다섯 칸 이상 높인 듯이 소리가 커졌다.

"으으   흑   엉어어어   허   아   흑"

1002호의 소리가 한 번 더 났다.
희정은 거실을 나가 베란다로 발을 내딛었다. 볼륨 열 칸을 더 높인 소리가 났다. 콘크리트와 타일로 틈 하나 없이 막힌 곳이었다. 그럼에도 소리는 날카로운 파장을 일으키고 있었다. 창문을 타고, 그리고 그의 천정과 희정의 바닥을 울리며 올라오고 있었다. 1002호 소리는 희정의 귀를 뚫고 들어가 진동으로 바뀌었고, 그 진동은 순식간에 거대한 해일처럼 희정의 몸에 퍼졌다.

그 순간, 희정은 자신에게 납득할 수 없는 일이 일어나고 있음을 알았다. 1002호의 소리가 몸에 울리자 희정의 마음이 소리를 내기 시작했다. 소리들이 앞을 다투어 새어나와 희정의 몸에 차오르고 있었다. 그 소리는 더이상 1002호의 소리가 아니었다. 놓치고 싶지 않았다. 소리를 가두며 몰입하려고 희정은 작은 몸을 더 작게 최대한 웅크렸다. 소리는 곧 글자로 변하고 단어를 만들어 내며 문장과 맥락을 부지런히 이어갔다. 자신의 몸을 울리며 나오는 말들에 귀를 기울였다. 희정의 몸안에서 차오르는 그 말들을 희정은 한참을 그렇게 정성스럽게 들었다.

창 밖에 보름달이 밝았고 달빛에 비친 희정의 그림자가 들썩였다. 희정의 눈에서 눈물이 흘렀고 지금, 정확히 슬펐다.

정
림
이

낮잠을 자서는 안 됐었나.

평소 정림은 누워서 낮잠을 자지 않았다.
소파에 앉아서 티비를 보다가 아득해지다가
그렇게 깜빡. 블랙아웃이 되는
그 이십 분 정도가 정림의 낮잠 패턴이었다.
10월 9일 한글날.
정림의 팔십 번째 생일이었다.
열어놓은 창문으로 서늘한 가을이 들어왔다.
햇살이 좋았고, 하늘은 푸르고 맑았다.
그래서였을 거다. 정림의 눈이
티비가 아닌 하늘을 봤다.
그러다 아득해지는 순간이 왔다.
기분 좋게 깜빡 잠들 수 있을 것 같았다.
정림은 안방으로 가서
침대에 앉았다.
잠시 그대로 있었다.
정림은 천천히 일어서서
주방 옆에 있는 작은 방으로 들어갔다.

여태 남편 방에서 잠을 잔 적은 없었다.
오늘은 그럴 수 있을 것 같았다.
가을 햇살이 선명하게
남편의 평상을 가리키고 있었다.
평상에 앉았다.
손가락 끝이 간질간질했다.
거실에서 하늘을 보며 느꼈던
기분 좋은 그 아득함이 밀려왔다.
여기에 눕기로 한다.
정림은 오른쪽을 바라보며 모로 누웠다.
눈을 감았다.
햇살 때문에 감은 눈이 하얗다.
언제나 그렇듯 눈을 감으면
그의 마지막 모습이 소환된다.
흰 옷을 입고, 눈을 감고, 입을 다문
남편의 모습이.
빛이 과하게 들어가 날아간 화면처럼
정림의 눈에서 정림의 머리로,
정림의 온 몸으로
흰색이 퍼져나갔다.
그리고는
까무룩.

몸에 문제가 생겼다는 걸 알았다.
잠에서 깨어 일어나려고 하는 순간
정림은 비명과 함께 무너졌다.
왼쪽 날갯죽지
견갑골이던가.
무언가 끊어진 듯한 통증에
몸을 세울 수 없었다.
상체가 바로 서질 못했다.
정림은 쓰러지듯 다시 누웠지만,
눕기도 전에 고통에 비명을 질러야 했다.
고통 없는 자세를 찾기가 어려웠다.
숨이 쉬어지지 않을 만큼
칼로 찌르는 듯한 통증이 이어졌다.
뭐라도,
자세를,
찾아야 한다.
상체를 웅크렸다.
아팠다.
어떤 생각도 할 수 없는 고통이
"아이고. 아."
한동안 계속되었다.
어느 순간, 정림은 소리를 지른다고 해서

들을 사람도 없다는 걸 인지했다.
더 이상.
비명을 지르지 않았다.
비명도 상황 봐가면서 나온다는 걸
정림은 이미 알고 있었다.
"끄응-"
팔을 짚어가며 몸을 돌렸다.
천장을 바라보며 똑바로 누웠다.
찌르는 고통은 사라졌다.
"으으음."
덩어리가 뭉쳐 있듯
묵직하고 토할 것 같은 통증이다.
왼쪽 견갑골과 척추뼈 사이, 거기였다.
'왼쪽으로 움직여 볼...하아...안 되겠네.'
다시 찌르는 고통이다.
'이건 정말이지... 아프네...'
묵직한 통증이 차라리 나았다.
이럴 때는 일단 원래대로,
가만히,
있어 보는 게 맞다.
괜히 무리하게 움직이다가
평상에서 떨어질 수도 있다

그러다가 뼈라도 다치면,
"아이고."
여럿 고생시킬 것이 뻔했다.
'가만히 일단, 있자.'
정림은 천장을 보았다.
지금으로서는 천장이 최선이다.
천장이.

그가 바라보던 마지막이 저거였을까?

남편이 정림을 떠난 지,
올해로 꼭 십 년이 되었다.
재미없고,
한결같던 남편이었다.
정육점을 운영하며 삼 남매를 키웠다.
말주변도 없고, 사업수완도 없었다.
그저
성실한 사람이었다.
신문지에 고기를 싸서 팔던 칠십년대에
남편은 발골을 배워가며,
수유리 정육점에서 직원으로 일했다.
애들 고모 말에 의하면
큰아주버님이 갑자기 돌아가시지만 않았어도,
아니 그 전에 남편의 부모님이
일찍 돌아가시지만 않았어도.
남편은 높은 사람이 되었을 거라고 했다.
남편은 늘 한자를 신문에 썼다.

아침마다

신문을 보면서, 오래된 신문지를 놓고

겹쳐서 겹쳐서

알아볼 수도 없는 한자를 쓰고 또 썼다.

남편은 삼시 세끼를 집에서 먹었다.

그는 절대 가게에서 식사를 하지 않았다.

'그러고 보니'

왜 그런지에 대해 얘기한 적이 없었다.

남편은 아침을 먹고 출근했다.

그리고 한 시에 집에 왔다.

한 시 반에 다시 나가서

여섯 시에 들어왔다.

저녁을 먹은 후, 여섯 시 반에 나가서

열 시에 퇴근했다.

정확히.

'아이고...하아...'

33년을 그렇게 살았다.

반찬에 대해 사소한 타박 한 마디도

흘려 내지 않았던 그였지만,

한 번도 빠지지 않는 남편과의 식사에

정림은 여러 번 숨이 막혔다.

막내아들을 결혼시킨 다음 날,

그는 정육점을 정리했다.
왜 그런지 말은 하지 않았다.
그날부터
그는 식탁 위 고기반찬에 손을 대지 않았다.
칠십 대는 단백질이 중요하니
먹어야 한다고 말해도
"그래요."
라고 말하고는 먹지 않았다.
정림은 결국, 고기를 사지 않게 되었다.
남편이 칠십을 넘기고,
삼 년 뒤에 정림도 칠십을 넘겼다.
정림은 그 해 여러 번 아팠고,
여러 번 입원했다.
남편과의 식사도 종종 중단되었다.
남편은 칠십 대여도 건장했고,
또 건강했다.
디스크 수술로 병원에 입원했을 때,
한 달 동안 간병인을 쓴 건 일주일에 하루,
총 네 번뿐이었다.
정림의 병간호는 남편이 했다.
여전히 남편은
부지런히 집으로 가 식사를 하고,

지하철을 타고 다시 병원으로 돌아왔다.
거동 못 하는 정림을 화장실에 데려가고,
정림의 몸을 물수건으로 닦아주고,
정림의 입에 밥을 넣어 주었다.
병원에 있자니 정림은
이렇게 늙고, 병든 자신이 억울했다.
자식을 키우고, 가난에 쪼그라들어서
자신의 인생을 살아내지 못한 게
억울했다.
그런 정림의 원망과 눈물을
남편은 다 받아 냈다.
그리고 열두 시와 여섯 시
그 시간들이 오면,
남편은 정림을 멈췄다.
그리고 어김없이 밥을 먹으러 집에 갔다.
당연히,
남편이 정림보다 오래 살 줄 알았다.
그렇게 갑자기 잠이 든 모습으로
숨을 쉬지 않게 될 줄은 몰랐다.
저녁을 먹고 오겠다던 남편은 오지 않았고,
정림의 전화를 받은 큰아들이
평상에 누워 있는 남편을 발견했다.

자연사.

검시관은 남편의 사망진단서에 그렇게 썼다.

마지막까지 남편은 정림에게

왜 가는지,

어떻게 가는지

아무런 말도 없이 갔다.

남편이 마지막으로 봤을 저기, 저 천장에서는

여전히,

아무것도 들리지 않았다.

그냥 그랬다.

통증이 달라졌다.
왼쪽 견갑골과 척추 사이,
묵직한 통증이었는데
조여오는 통증으로 바뀌었다.
숨 쉬기가 힘들었다.
정림은 결린 적이 여러 번 있었다.
그 때,
어떻게 했는지 떠올려야 한다.
기억이 잘 안 났다.
이렇게 심하게 아픈 적은 없었다.
결린 거,
그게 아닐 수도 있다.
등이
들어 올려지지 않았다.
등의 근육이
모두 흘러내린 느낌이다.
혼자서
더는 하아,
안 되겠다.

전화를 해야 한다.
"아이고."
핸드폰이 거실에 있었다.
왜 젊은이들처럼 핸드폰을
항상 근처에 두지 않았는지 잠시 후회했다.
정림은 몸을 오른쪽으로 더 틀어 보았다.
"아."
찌르는 고통이 따랐지만, 그 시간이 지나자
다시 견딜 만해졌다.
이 자세로 얼마나 숨을 쉴 수 있을지
알 수는 없었다.
그래도 일단은,
괜찮았다.
조금 지나면
어쩌면 나아질 수도 있지 않은가.
아직 시끄럽게 안 해도 되겠다.
나이를 먹는 것과 아픈 것은
어차피
비례관계였다.
정림은 아픈 부위가 많아지고,
아픈 정도가 늘어나는 것이
그다지 억울하지 않았다.

사실,
이렇게 모든 것이
멈춘다 해도.
생각해 보니,
안타깝지도 않았다.
그냥 그랬다.
남편이 가고 난 이후,
억울하지 않았다.
그런 게 없어졌다.
그냥.
아무 느낌이 없었다.
뭐든 다 그냥 견딜 수 있었다.
아파도 아프지 않았고,
슬퍼도 아프지 않았다.
아무렇지 않았다.
'아이고'
화장실을 가야 할 시간이 다가오고 있는 게
좀 난감하긴 했다.
다행히
아까 잠들기 전, 물을 마실까 했었는데.
귀찮음에 그냥 누웠었다.
잘했다.

생각보다 시간을 벌 수 있었다.
오른쪽으로 누우니 창이 보였다.
천정보다 좋았다.
그냥 이대로
이 정도로
모든 것이 멈춰도
"좋겠다……"
평상을 비추던 햇살은 사라지고,
벌써 어두웠다.
여름이 지난 지 얼마나 되었다고,
밤이 부지런히도 왔다.
남편 방에 걸린 커다란 시계가
저벅저벅 일곱 시를 알렸다.
멀리서 전화벨이 울렸다.
미현일거다.
생일인 정림에게 가장 먼저 전화할 자식은
딸, 미현이었다.
정림은 딸이 좋았다.
미현을 떠올릴 때마다 마음이 몽글몽글하고,
저릿저릿했다.
어둠이 깊어지고 있었다.
딸의 전화도 깊이깊이 계속 울리고 있었다.

첫 딸.
그 아래로 아들 둘을 내리 낳았지만,
유독 눈이 가고,
잘못 될까 애가 타고 그러는 자식은 미현이었다.
좋은 것만 주고 싶고,
고운 것만 느끼게 해주고 싶은 딸이었다.
정림의 그 마음을 닮은 남자를 만나서
그 마음 그대로는 아니어도,
엇비슷하게라도 사랑받고 살기를
정림은 틈날 때마다 기도하고 기도했다.
미현을 키우며 단 하루라도 그 기도를
잊은 적이 없었다.
미현은 똑똑하고 세심한 딸이었다.
가끔 미현에게서 정림은 어머니를 느꼈다.
정림의 어머니는 정림을 낳고,
일 년도 되지 않아 돌아가셨다.
정림은 실제로,
어머니에 대한 기억이 전혀 없다.
엄마라는 말도 해본 적이 없었다.
정림에게 엄마라는 단어는,
자매 사이에서만 자란 친구들이
오빠라는 말을 어색해하는 것처럼

불편했다.
그런 정림을
미현은 엄마처럼 바라봐주곤 했다.
어릴 적부터 미현은
마치 정림이
뭐라도 되는 것처럼 대단하게 말하곤 했다.
"우리 엄마, 공부했으면 엄청 잘했을 텐데."
"우리 엄마, 돈 벌려고 맘 먹었으면 대박났을거야."
"우리 엄마, 정림이 인생 살아야 하는데. 진짜 아까워."
집에서 시들어가는 정림에게
문득문득 인생을 돌아보게 끌어올려 주는 건,
늘 미현이었다.
정림은 정말이지,
미현한테 평생 받기만 했다는 생각이 들었다.

초조하진 않았다.

'끄응'
이 자세에도 한계가 오고 있었다.
어깨가 힘을 내지 못하고,
자꾸 흘러내렸다.
근육이 없으니 뼈가 칼이 되어
정림을 찔렀다.
정림은
고통을 생각하지 않기로 했다.
눈을 들어 창밖을 내다 보았다.
곱다.
달빛이 스몄다.
밝지 않아도 은은한 게 참 고왔다.
정림은 다시 한 번,
차라리
이대로 숨이 멈추기를 고요히 바랐다.
이번엔 멀리서 핸드폰이 울린다.
집 전화를 안 받으니 핸드폰으로 바꾸었나 보다.
'걱정할 텐데.'
미안했다. 그러나 초조하진 않았다.

지난 설, 그날부터였다.
미현에 대해 애타하지 않기 시작한 날이.
"아예 다른 나라,
아니 다른 우주에 산다고 생각해요. 엄마."
"응?"
얼굴에 기미를 얹은 미현이
검버섯을 피운 정림의 손을 잡고 말했다.
"그런 눈으로 나 보지 마. 엄마.
나 걱정하지 말라구요. 그냥 나,
별이라고 생각해. 엄마.
멀리서 보고. 대충... 반짝이는구나...
자세히 안 보여도 지 세상에서 잘 살겠거니...
그런 거 있잖아요......"
정림은 미현이 무슨 소리를 하는지,
정확히는 몰랐다.
머리는 몰라도, 정림의 눈은 알았다.
눈이 축축했다.
이후로,
정림은 미현의 어두움을 묻지 않았고,
미현의 생활을 궁금해하지 않았고,
서로 하지 않는 말이 많아졌다.
이상하게도 정림은

그것이 힘들지도, 슬프지도,
그리고 서운하지도 않았다.
아무렇지 않았고, 아무것도 없었다.
부모 자식 관계가
생각해 보면,
참 멀었다.
그러나 멀다는 건 꼭 나쁘지 않았다.
좋은 것도 아니었다.
그냥, 그냥 그런 거였다.
"으음."
미현을 생각하니 신음이 샜다.
이런 적은 기억 나는 한 없었다.
몸 안에 갇히니,
마음이 자꾸 소리를 냈다.
평소 정림은 미현 생각이 날 때면,
그냥 하늘을 봤다.
막연하게 쳐다봤다.
가능한 눈에 초점을 없애고, 멍하니 보았다.
저기 어딘가에 반짝이고 있는 것을 찾으며,
크게 숨을 한 번 쉬고,
그리고는,
티비를 봤다.

지금도
정림은 창문 너머
그때처럼 밤하늘을 보았다.
그런데 몸이 마비되어서일까?
미현에 대해 생각하는 것이
멍해지지 않았고,
초점이 뿌옇게 되지도 않았다.
오히려 모든 게 무섭도록 선명했다.
미현의 상황을 또렷하게 인식할 수 있었다.
지금
미현이 사막의 시간을 걷고 있음이.
극도의 더위와
극한의 추위를
날 몸으로 걸어가고 있음이.
사실,
오래 전부터
이 모든 게 분명했다.
다만,
말하지 않았을 뿐이었다.
미현은 지금,
분.명.히. 불행했다.
"아이고"

정림은 미현을 안고 싶었다.
그 분명한 불행을
젖먹이던 때 안았던 것처럼
꼭 안아주고 싶었다.
옆으로 누운 정림의 오른쪽 귀로
뜨거운 물이 흘렀다.

어차피 정림이 해결할 수 있는 건 없었다.

화장실을 가야 한다.
정림이 나이를 하루하루 먹고, 혼자 지내면서
가장 두려운 상상이었다.
쓰러져서 그대로 혼자 죽는 것도 무서웠지만,
혼자 힘으로 화장실을 해결하지 못하는 건
상상만으로도 죽도록 끔찍했다.
그 상상이 점점 현실이 되어가고 있음을
정림의 아랫배가 말해주고 있었다.
'맞다.'
생각해 보니,
다리는 움직일 수 있지 않은가.
정림은 최대한 무릎을 끌어올렸다.
조금 더 웅크리면
조금 더 아랫배가 참을 수 있겠다 싶었다.
하지만 등에는 여전히 힘이 들어가지 않았고,
고통은 계속되었다.
그러나 그 고통쯤은 정림의 안중에 없었다.

아랫배에 대한 두려움이
정림을
정림의 감각을 온통 지배했다.
폐가 되고 싶지 않다고 평생을 생각했다.
엄마 없이 자라며
아버지를 거스르고 싶지 않았고
오빠들에게 걱정 끼치고 싶지 않았다.
남편이 하는 일에 방해가 되고 싶지 않았다.
나이 들며 방을 따로 쓴 것도 정림의 제안이었다.
남편이 붓글씨를 늘어놓을 수 있도록,
남편이 마음 놓고 코를 골고 잘 수 있도록,
정림이 먼저 비켜 주었다.
정림은 자식들을 잘 혼내지도 않았다.
혹시나 마음에 걸려서 안 삼켜지는 말을 할까,
그게 애들 맘속에 평생 갈까 싶어서,
정림이 삼켰다.
남편을 먼저 보낸 후에는
혼자 사는 늙은 엄마라서,
그래서 자식들 발에 자꾸 걸릴까
정림은 최선을 다해 웅크리고 지냈다.
도움은 못 될망정.
정림이 해줄 수 있는 것은 그게 최선이었다.

자신이 누군가에게 부담으로 여겨지는 건
먼지만큼도 견디기 힘들었다.
서로에게 부담이 되지 않은 마음만큼
그만큼씩만 관계를 유지했다.
그만큼이 적당한지를
정림은 늘 생각했다.
그 대상이 누구일지라도.
그게 맞는 거라고.
평생을 그렇게 생각했다.
"아."
한계가 임박했음이 느껴진다.
정림은 더욱더 웅크렸다.
소변을 참는 것은 고통스러웠다.
그러나 얼마나 참을 수 있을지 모르는,
이 비루한 몸을 실감하는 것은
고통보다 공포였다.
이 정도면 길어야 삼십 분일 터.
그냥 이대로 숨을 멈추고 싶다는 건
낭만적이기 짝이 없는 철없는 소망일 뿐이었다.
삼십 분 안에 죽지도 못할 것이고
정림은 무력한 채로 무력한 배변을
그대로 맞이할 수밖에 없을 것이다.

정림은 지금의 이 상황이
피해갈 데도
숨을 데도
웅크릴 수도
모른 척할 수도 없는 것이라는 걸 깨달았다.
그간 해온 대로 또 삼키고만 있으면
정림 인생의 가장
적나라한 민폐를 맞이할 것이다.
무엇보다 정림은
자신이 그 상황을 전부 대면해야 한다는,
그 사실이 가장 견딜 수 없었다.
그렇다면 다른 선택은 없었다.
대면하는 자도, 해결할 자도
누구인지 명확했으므로.
정림은 오히려 머릿속이 시원해졌다.
오로지
오롯이
정림이 맞서야 했고
정림만이 맞설 수 있었다.
최대한
온 힘을 끌어모아
적극적으로 자신의 몸에 개입해야만 했다.

하늘에 별이 반짝였다.

퍼뜩 막내며느리가 떠올랐다.
이번 추석에는 번거로우니
그리고 여러 가지로 상황도 안 좋으니
모이지 말고 각자 지내자고 그리고
좀 좋아지면 보자고
정림이 제안했다.
"안 외로우세요?"
전화기 너머로 막내며느리가 말했다.
막내며느리는 예측하지 못하는 순간에,
거리를 없애고 훅 들어오는 아이라는 걸
잠시 잊었다.
"아이고."
울컥하는 소리를 막내며느리가 들었을까
정림은 전화기를 뗐다.
"나중에, 나중에 보자."
서둘러 전화를 끊고,
정림은 베란다로 나가, 하늘을 보았다.

그리고

소파로 돌아왔고,

티비를 켰었다.

이 절박한 순간에 막내며느리가 떠오른 것은

적절했다.

막내며느리가 갖다 준 게 있었다.

"혹시 모르니까요.

그냥 이름 부르면 애가 도움을 줄 수 있는 게 있을 거예요.

말로 하시면 전화도 걸어주고 막 그래요. 까르르.

만약 이름이 기억 안 나시면."

이름을 기억해야 했다.

정림의 몸에서 분출하려는 그것들을 막으려면

이름을 기억해야 했다.

시간이 얼마 없다.

'뭐라고 했더라...'

"이 기계 이름 아리송하시잖아요. 그러니까 까르르."

기억났다.

정림은 소리를 질렀다.

소리는 가다가,

방문을 채 넘지 못하고 주저앉았다.

정림은 한 번 더 소리를 냈다.

목을 뚫고 나가는 소리에 제법 힘이 있었다.

그래도
간신히 방문을 넘었을 뿐이었다.
정림은 여기서는 그 기계를 부르는 게
불가능하다는 걸 알았다.
'아'
등을 일으킬 수는 없었지만,
다리는 움직일 수 있었다.
'그러고 보니'
팔도 살살 저을 수 있었다.
근육이 아직은,
아직은 몇 군데 있는 듯 했다.
방법은 다시,
하나뿐이었다.
정림이 가야 했다.
지체할 시간이 없다.
정림은 그대로 몸을 평상 아래로 던졌다.
"으아"
온 몸의 뼈가 바닥에서 부서지는 듯했다.
고통이 계속됐다.
그래도 다리를 허우적거리며 밀었다.
팔을 저었다.
일 센티, 일 센티를 움직이는 데

정림의
남은 수명을 다 써도 괜찮을 것 같았다.
아픈 등을 달고,
고통 따위 아랑곳하지 않고,
정림은 몸을 밀어냈다.
조금씩 발이 문밖으로 나갔다.
"…야아아!"
정림은 다시 소리를 질렀다.
깜짝 놀랄 만큼
정림의 목에서 큰 소리가 났다.
그때,
막내며느리랑 연습했을 때 들었던,
그 기계 소리,
그 여자 소리가 들렸다.
"아이고"
눈물이 났다.
참았던 눈물이 터졌다.
그 기계의 대꾸에
정림의 외로움을 가두고 있었던
얇은 막이 터졌다.
정림은 눈물로
몸을 밀고, 또 밀었다.

정림의 몸은 방을 벗어나,
거실로 나왔다.
땀이, 눈물이,
정림이 지나온 자리에 고스란히,
길을 만들었다.
힘들지 않았다.
날아온 듯 몸이 가벼웠다.
"...야하아."
그리고 다시 불렀다.
그 여자는 생기있고,
더 또렷하게 대답했다.
정림은 한 번 더 소리를 냈다.
"일일구....일...일...구."
정림의 얼굴에 웃음이 퍼졌다.
베란다 창밖 하늘에 별이 반짝였다.
정림의 눈에는,
정림의 몸에는,
끝없는 물이 차오르고 있었다.
그리고 정림은
미현을 만나야겠다고,
미현과 밥을 먹어야겠다고
중얼거렸다.

경상북도

경주시

감포읍

1793

염 혜 진

"혜진아. 꼭 그만두기까지 해야 하냐? 휴가도 있고. 그때 좀 쉬면 되지. 그 좋은 직장을...애들도 다 커서 이제 손도 안 가잖아. 일하기 좋을 땐데. 적당히 쉬면서 하면 되지 않냐?"
"쉬는 게 아니라 엄마..."
"응?"
"쉬려는 게 아니라..."
"그럼 뭐 다른 일하게?"
"아니 일을 한다기보다는..."
"그럼?"
"두 가지밖에 없나... 내가 사는 게... 일하거나 쉬거나..."
"뭐래? 애가."
"......"
"나이 오십에 사춘기냐, 너?"
혜진씨는 버스가 온다는 거짓말로 서둘러 전화를 끊었다.

"끄응."

혜진씨는 버스정류장 의자에서 일어났다.

천천히 주변을 둘러보았다. 핸드폰을 꺼내 사진을 찍었다. '정자항' 임을 알리는 플랭카드 위로 탁한 하늘이 떠 있었다. 흐려도 여름은 여름이었다. 햇빛은 뾰족하리만큼 강렬했고, 가자미들이 콘크리트 바닥에 널린 채 무력하게 말라가고 있었다. 그것을 바라보며 걷던 혜진씨는 자신의 살갗도 따끔따끔해지는 기분을 느꼈다.

정자항은 제법 규모가 큰 항구였다. 걸어가는 혜진씨의 오른쪽에 어선 십여 척이 정박해 있었다. 바닷 바람은 생선냄새를 뿜어 대며 혜진씨 얼굴과 머리카락을 불편하게 건드렸다. 항구에는 대게식당이 줄지어 늘어서 있었다. 수조마다 원양어선에서 실려 온 대게들이 느릿느릿 움직였다. 무심코 수조를 쳐다보던 혜진씨는 그 대게들 중 한 마리에 시선을 멈췄다. 그 한 마리는 오른쪽 구석에 정박한 채로 혜진씨를 똑바로 보고 있었다.

"어머."

마주보는 잠깐 동안 혜진씨는 대양을 건너온 그 대게의 이야기가 통째로 자신에게 전해지는 느낌을 받았다. 순식간에 그 여정만큼 고단해졌다. 혜진씨는 핸드폰을 꺼내 사진을 찍었다. 그리고 다시 걸었다.

항구가 끝나자 정자해변이 시작되었다. 검은 모래와 회색 바다 그리고 뿌연 하늘이 보였다. 여름바다에서 풍기는 청량함은 없었다.

'울산 바다는 원래 이런가?'

정자해변만 아니라, 혜진씨에게는 울산이라는 지역도 처음이었다. 그래도 혜진씨는 일단 마음에 들었다. 걷기에 적당했다. 맑고 쾌청한 바다를 보는 것보다 땡볕에 금방 바닥나는 체력이 두려웠다. 해변가 모래 길을 걷는 대신 도로로 걸었다. 걸어야겠다며 배포있게 집을 나온 혜진씨였다. 그렇지만 아무리 신경쓰지 않으려 해도 혜진씨는 여자고 혼자였다. 그 사실이 초파리처럼 자꾸만 거슬려서 이정표를 벗어날 수 없었다. 해파랑길이라는 화살표를 연신 확인하는가 하면 현재 위치를 확인하기 위해 수시로 핸드폰을 꺼내야 했다.

지이이잉-지이이이잉- 지이이이이 이이잉-

'준석'

해가 머리 위로 오지도 않았는데, 벌써 열 네 통째다.

'무음모드로 바꿀까? 아... 아직...끌까? 그럼 걱정할 텐데...'

혜진씨는 자신을 흔드는 진동을 모르는 척 버티며 계속 걸었다. 해변을 지나자, 송엽국이 그 쨍쨍함을 골목길마다 드러내고 있었다.

컹- 컹- 컹-

혜진씨는 걸음을 멈췄다.

'개다.'

뒤를 돌아봐서 개가 어디에 있는지 확인하고 싶었지만 차마 몸이 움직이질 않았다.

'이럴 줄 알았어... 시골에는...개... 아. 진짜 무서운데...'

컹-컹-컹-

'준석...'

준석이 필요했다. 준석은 개를 잘 다뤘다. 같이 있으면 개가 무섭지 않았다. 개가 오면 손으로는 혜진씨의 손을 감싸 쥐고 눈으로는 개와 소통했다. 연애하던 시기에 혜진씨는 그 손을 잡고 처음 자신의 인생에 있어 결혼을 떠올렸었다.

컹-컹-

소리를 뒤쪽 어딘가에 두고, 혜진씨는 앞만 보고 걸었다. 뛰지 않았다. 준석이 늘 말했듯이 자극을 주면 안 된다는 걸 명심해야 했다. 뒤통수와 심장이 터져버릴 것 같았다.

컹- 컹-

소리가 가까워지지는 않았다. 그러나 혜진씨의 긴장은 떨어져 나가질 않았다. 발걸음은 침착했지만 무척 민첩했다.

드르륵-

메뉴를 생각할 겨를도 없이 처음 보이는 식당문을 열었다.

"어서 오세요."

혜진씨는 사람의 목소리라는 것만으로 무조건 고마울 수가 있다는 것을 새삼 느꼈다. 재난영화 속 인물들이 생면부지여도 동지애를 가졌던 장면은 현실에 기반한 감정이었다는 걸 순식간에 인정했다. 혜진씨가 들어온 곳은 테이블 네 개로 운영하는 작은 식당이었다. 주방 가까운 한 테이블에 세 명이 있었다. 노란 염색머리 여자와 검고 긴 머리 여자 그리고 연두색 모자의 남자였다.

"저기 앉으셔어"

노란 염색머리 여자가 맥주잔을 잡은 채 말했다.

"네."

혜진씨는 얼떨결에 목례까지 하며 답했다. 그리고 그들의 시선을 느끼며 안쪽으로 더 안쪽 구석 테이블에 가서 앉았다.

'혼자 여기 앉아도 되나...'

식당에 손님이 없는데도 4인용 테이블에 앉는 것이 혜진씨 마음에 걸렸다.

"뭐 드시겠어요?"

노란 염색머리 여자가 멀리서 큰 소리로 질문했고 검은 머리를 길게 묶은 젊은 여자가 와서 메뉴판을 내밀고 돌아갔다.

"아...네...잠시만..."

메뉴판을 보며 혜진씨는 그제서야 자신이 가자미 전문집에 들어왔다는 것을 알게 되었다. 가자미 구이외에는 생각나는 음식이 없는데 메뉴판에는 두 페이지 가득 가자미 요리가 적혀 있었다. 혜진씨는 프랑스 요리라도 되는 듯 가자미가 어려워졌다.

"저기요."

검은 머리 젊은 여자는 식사를 이어서 하다가 혜진씨 소리에 천천히 몸을 움직여서 혜진씨에게 왔다.

"아…식사하시는데..."

혜진씨는 또 일단 미안해할 뻔했다.

"잘 몰라서 그러는데 혼자 먹을 만한 뭐 추천해 주실만한 게?"

혜진씨가 물었지만 검은 머리 여자는 말이 없었다.

"제일 많이 나가는 게 뭐예요?"

"......."
"가자미 찌개 드세요."
노란 염색머리 여자가 또 멀리서 소리쳤다. 여전히 맥주잔을 들고 있었다.
"네?....네...네. 그럴게요."
혜진은 얼떨결에 답했다.
"가으자이미 치개 하아나."
어눌한 발음으로 검은 머리 여자가 주문을 외쳤다. 이미 다 알고 있는 주문인데 여자는 자신의 영역인 양 크게 외쳤다. 그리고 여자는 메뉴판을 가지고 주방으로 갔다. 혜진씨도 그 여자의 검은 머리를 따라 시선을 옮겼다. 자연스러웠다. 쳐다보는 것은 예의에 어긋나기 쉬운 행위였지만 지금 상황은 그래도 될 것 같았다. 혜진씨는 지금 방금 주문을 했고, 그 덕에 그들이 분주해졌고, 여기는 식당이고, 그러니 충분히 둘러 볼 수 있었다.
혜진씨는 추정 혹은 상상도 시작했다. 노란 염색머리의 여자와 저 남자가 식당을 운영하는 부부일 것이고 검은 머리여자는 종업원인가. 그리고 그들은 늦은 점심 식사를 하다가 본인을 맞이했을 것이라는 것을 생각하고 있었다. 이것 역시 아주 자연스럽게 흘러갔다.
'영화네.'
혼자 여행하는 여자가 혼자 낯선 식당에서 주문하는 연기같았다. 혜진씨 자신이 아닌, 다른 사람의 인생인 듯 다소 어색한 느낌도 들었다. 그런데 그 낯선 기분이 생각보다 그 이상으로 괜찮았다. 혜진씨 눈이 빛나고 있었다. 가게풍경을 스케치하는 혜진씨의 눈은 카메라인 양 패닝으로 천천히 돌아보고 있었다. 여행자를 연기한다는 느낌이 들자 혜진씨의 움직임은 과감했고 경쾌했다. 아주 오랜만이었다.

'혼자 오니 별 생각을 다 하네...'

주문을 받은 노란 머리 여자가 마시던 맥주를 서둘러 비우고, 주방 안으로 들어갔다. 연두색 모자를 쓴 남자가 문을 열고 밖으로 나갈 때 검은 머리 여자는 테이블에 앉아 숟가락을 다시 들었다. 잠시 후 남자가 다시 들어왔고 담배 냄새도 따라 들어왔다. 검은 머리 여자는 숟가락을 놓고 일어나서 익숙한 동작으로 주방에 들어갔다. 그리고는 반찬 그릇을 챙겨 쟁반에 담아 혜진씨 테이블로 왔다. 가스버너를 가운데에 놓고, 능숙하게 반찬을 차렸다.

'가스버너라니.'

혼자 먹는 식사에 반찬이 여덟 가지나 되었다. 게다가 끓이면서 먹어야 하는 제대로 된 밥상에 혜진씨는 먹기도 전에 얹히는 기분이 들었다. 그런 기분이 들자 여행자 연기모드가 바로 해제되어 버렸다.

"마시있게 드시예여."

자세히 들으니 발음이 확실히 어눌하다. 무엇보다 우리나라 사람 억양이 아니었다.

'어머. 진짜.'

혜진씨는 또 다시 당황스러웠다. 검은 머리 여자가 말할 때 검은 머리카락이 출렁였고 그것은 묵직한 물결이 되어 그녀의 이야기로 밀려왔기 때문이었다. 순식간에 그녀만큼 겁이 나고 외로워졌다.

'아.'

노란 머리 여자가 찌개를 들고 걸어 왔다. 쟁반도 사용하지 않고 스패너같이 생긴 집게로 냄비를 들고 걸었다. 오는 길이 아슬아슬 위험해 보였다.

'하필 내가 이 구석에 앉아서...'

혜진씨는 또 미안해했다. 노란 머리 여자는 찌개를 가스버너에 올려 놓고, 능숙하게 불을 켰다.

"거의 다아 끓었어요, 가자미는 지금 드시고오... 음....감자는 조오금만 더 익혀 드셔어어."

잠깐 봐도 장군의 인상을 풍길만큼 씩씩하고 여유가 느껴지는 여자였다. 이 식당의 실질적, 정신적 리더임이 분명했다. 노란 머리 여자는 다시 자신의 테이블로 돌아갔다. 그들은 다시 맥주잔을 채웠고 혜진씨가 밥을 먹는 내내 긴긴 점심식사를 이어갔다. 들리지는 않았지만 노란 머리 여자의 툭하고 던지는 말에 검은 머리 여자와 담배폈던 남자의 잔잔한 웃음소리가 이어졌다.

밑반찬으로 나온 오이 씹는 소리가 혜진씨 귀에 들렸다. 그 소리가 신경이 쓰일 때쯤 혜진씨는 가자미 찌개 한 숟갈을 입에 넣었다. 가자미 찌개는 놀랄 만큼 맛있었다. 주방쪽에서부터 출발한 그들의 웃음소리가 천천히 그리고 은은하게 식당안을 채워가고 있었다. 혜진씨도 감자조림과 고추무침에 감탄하며 천천히 밥 한 공기를 비우는 동안 혼자서 식사를 즐긴 여행자가 되어가고 있었다. 이 모든 분위기가 매우 자연스러웠다.

"안녕히 가세요."

식당을 나서서 걸어가다 혜진씨는 뒤를 돌아보았다. 그리고 핸드폰으로 사진을 찍었다. 혜진씨는 다시 해파랑길 위로 올라갔다. 구름이 빠르게 흘러갔다. 바다 날씨는 단정하기 어렵다더니 순식간에 나타난 흰 구름과 푸른 하늘은 애니메이션의 한 장면이라 할 만큼 선명했다. 혜진씨는 관성 해변에 있는 솔밭에 멈춰 섰다. 그리고 소나무 사이에서 바다를 보았다. 핸드폰을 꺼내 화면 안에 담긴 하늘과 바다를 들여다보고 있을 때였다.

"아악!"

끼익-

꽈당-

사진에 정신을 팔고 있는 동안, 자전거 한 대가 바로 옆에서 넘어졌다.

"괜찮으세요?"

자전거와 함께 넘어진 사람이 오히려 혜진씨를 걱정하며 물었다.

"아. 네...전 아무렇지도.... 그런데 괜찮으세요?"

"아! 다행이네요. 전 뭐 괜찮아요. 하하하."

그 사람은 엉덩이와 다리 이곳 저곳을 툭툭 털며 일어났다. 그리고는 자전거를 소나무에 기대어 놓는다. 헬멧을 벗자 긴 머리가 흘러내렸다. 그리고 땀으로 반짝이는 얼굴에는 분명 이십대일수밖에 없는 그 싱그러움이 뚝뚝 흘렀다.

"에휴...제가 사진 찍느라..죄송해요."

"하하하. 아니에요. 제가 바다 보느라 앞을 제대로 안 봤어요."

"아..."

"혼자 걸으시나 보다. 커피 한 잔 하실래요?"

"네?"

"하하. 다치진 않았는데 조금은 쉬어야 할 것 같아서요. 바쁘시면 가셔도 돼요. 사람 오랜만에 만나서 반가워서요."

"저도 좋아요."

혜진씨는 기회를 놓치지 않으려는 듯 서둘러 대답했다.

"아! 진짜요? 하하하. 제가 저기서 사 올게요. 딱 기다리세요! 하하하."

혜진씨의 귀에서 그녀의 '하하하'가 메아리치듯 맴돌았다. 그녀는 다리를 좀 다쳤는지 절뚝거리며, 해변 입구 낡은 커피 자판기로 갔다. 그리고 종이컵을 들고 다시 절뚝거리며 돌아왔다.

"얼마나 걸으신 거예요? 부산에서부터 걸으신건가? 하아"

숨결마다 웃음이 뿜어 나오는 아가씨였다.

"오늘 걸은 거예요. 정자항부터."

소나무 그늘에 앉아서 바다를 바라보며 혜진씨가 말했다.

"아. 그러셨구나. 저는 벌써 일주일 넘었어요. 고성에서부터. 하하"

"우와...그럼 혼자...자전거...로...그 멀리에서요?"

"원래 남자 친구랑 같이 출발했는데... 그 친구는 직장인이라.. 휴가가 짧아서요. 하하하. 혼자 다닌 지는 오늘이 음...3일째네요."

혜진씨는 바다를 보는 것을 멈췄다. 그리고 혜진씨의 큰 눈이 더 커진 채로 그녀를 쳐다보았다. 윤기와 땀이 뒤범벅이 된 긴 생머리에 벌겋게 탄 자그마한 얼굴이 보였다. 올라간 입꼬리 위에는 작은 코가 있었고 반짝이는 눈으로 혜진씨를 보고 있었다.

그녀와 눈을 마주친 혜진씨는 자신도 모르게 같이 웃고 있었다. 눈을 계속 마주보기 부끄러워진 혜진씨가 먼저 바다로 시선을 돌렸다. 돌리는 도중에 수트로 가려도 탄탄함을 감추지 못하는 그녀의 몸이 혜진씨 눈에 슬쩍 담겼다.

"허어...대단하세요. 그럼.... 그쪽은.. 음.. 아... 이름을..."

"민주예요. 이민주. 성함이?"

"저는 염혜진이에요."

"아.. 뭔가 저랑 이름이 비슷한 느낌이에요. 하하 아닌가?"

"이민주... 염혜진...그런가...아....그런 것 같기도 하네요... 하아."

혜진씨는 민주를 따라 웃어봤다.

"그럼 언제까지 타시는 거예요? 그...자전거..."

"저야 뭐 지금 방학이라 시간이 많아요. 부산 도착하면 부산에 좀 머무를 수도 있구요...하하하. 부산 갈 곳도 많으니까요. 혜진님은 얼마나 걸으실 거예요?"

혜진씨는 자신을 향해 '혜진님'이라고 부르는 것을 처음 들었다. 당황스러웠지만 한편으로 설렜다.

"저는...음....일단....오늘..하아"

혜진씨가 '민주님'을 또 따라 웃었다.

"그러다 내일되고 모레되고 그렇더라구요."
혜진씨는 한참동안 민주와 '혜진님'으로 대화를 나눴다. 그 사이 바다색이 좀 짙어졌고 햇볕도 좀 순해졌다. 민주는 자전거를 타고 손을 흔들며 부산방향으로 향했다. 손을 어색하게 흔들다가 혜진씨는 종이컵을 물끄러미 바라보았다.
'휴우...'
숨을 깊게 들이마시고, 핸드폰을 꺼내 사진을 찍었다. 그리고 수렴해변을 '민주님'의 분위기에 취해 순식간에 지나쳤다. 준석은 문자 보내는 것을 멈췄다.
사방이 조용했고, 혜진씨는 양남 주상절리를 사뿐사뿐 걸어갔다. 여름 해가 서둘러 바다를 넘어가고 있었다. 혜진씨는 오늘 자신이 집으로 돌아가지 않는 것이 현실이 된 것을 자신이 정말 집을 나왔음을 실감했다. 잘 곳을 구해야 했다. 읍천항을 향해 걸으며 숙소를 뒤적였다.
'너무 작은 곳은 위험해...여긴 호텔도 없고...음...좀 큰 펜션이...? 블로그에서 본 좀 큰 데가 있었는데...'
작은 구멍가게가 보였다. 문은 굳게 닫혀 있었다. 모퉁이를 돌아 언덕길을 올라갔다. 멀리서부터 시끄러운 소리가 들렸다. 청년들의 웃음소리, 함성소리가 마을 전체에 울려 퍼졌다.
'저긴가 보네.'
블로그에서 본 펜션은 수영장까지 갖춘 그래서 일단은 풀빌라라고 자신을 소개하고 있었다. 사진에서는 수영장이 인피니티풀의 느낌으로 바다를 근사하게 내려다보고 있었다.

어두웠지만 청년들의 노는 소리를 따라 걸으니 저절로 길이 보였다. 돌담 사이에 열려 있는 문으로 들어가자 왼쪽에 이 층짜리 작은 건물이 하나 있었다. 오른쪽은 주차장이었다. 조금 더 들어가면 건물 세 동이 수영장을 둘러싸고 있었다. 왼쪽 건물이 안내소였다. 안에는 아무도 없었다. 혜진씨는 순간 당황했다. 그리고는 문을 조심스레 조금 밀어 보았다. 다행히 문이 잠겨 있지는 않았다. 오른쪽에 방 열쇠들이 벽에 걸려 있고 밑에는 생수가 담긴 박스가 놓여있었다. 정면의 데스크에는 각종 과자가 번들로 묶여 있고 라면이 쌓여 있었다. 그러고보니 혜진씨는 점심 이후에 아무것도 먹지 않았다. 긴장이 풀렸는지 배고픔이 밀려왔다. 전화를 했다.

"여보세요."

젊은 남자 목소리였다.

"안녕하세요. 아까 전화로 예약한 사람인데요. 지금 도착해서요."

"아이구, 늦게 오셨네요. 어쩌죠? 저희가 지금 밖에서 식사중이에요."

"네? 그럼...어떻게..."

혜진씨는 피곤하고 배가 고팠으며, 그래서 다소 채근했다.

"거기 안내소에 보시면 102호 열쇠 있어요. 그거 가지고 들어가셔도 됩니다."

"아...네."

혜진씨는 과자와 라면을 살 수 있냐고 물으려다가 접었다. 전화를 끊고 열쇠를 꺼내며 생수를 한참 보았다. 혜진씨는 열쇠만 들고 102호로 들어갔다. 수영장으로 바로 통하는 베란다가 있는 방이었다. 잠시 후 후두둑 비가 쏟아졌다. 수영장 너머 바다는 이미 밤에 잠겼고, 비는 수영장마저 삼킬 기세로 맹렬하게 왔다. 3동 3층 청년들의 웃음도 그쳤다.

혜진씨는 철제앵글과 빈티지한 패브릭으로 만들어진 소파에 앉았다. 그리고 천천히 방을 둘러보았다. 베란다에는 개별 스파욕조가 있었고 거실과 부엌공간 그리고 침실이 분리되어 널찍한 숙소였다.

'하아.'

또 다시 영화속에 있는 느낌이 들었다. 혜진씨는 피사체가 된 자신의 모습을 하이 앵글로 찍는 카메라워크를 떠올렸다. 혜진씨는 오늘 여러 번 영화 속 그 여자로 변했다. 정자항 대게로부터 그 여정을 옮겨 받은 후에 수시로 그 여자가 등장했다. 카메라는 부감으로 어둑한 형체의 그 여자, 깊어지는 그 여자를 한참 동안 찍고 있었다.

띠리리리리-

비가 그치고 인터폰이 울렸다. 혜진씨는 체크인을 위해 안내소로 갔다.

"차가 없이 걸어오셨더라구요. 허허."

놀란 표정의 혜진씨를 보며 동그랗고 까만 얼굴에 안경을 쓴 남자가 차에서 짐을 내리며 말을 이었다.

"CCTV 보니까요. 허허"

오늘따라 웃음이 많은 사람들만 만나는 건지 원래 사람들이 이렇게 많이 웃고 사는 건지 잘 모르겠지만 혜진씨도 따라 웃었다.

"네. 하아."

오후에 만난 민주님의 여운이 남은 탓인지 말끝에 웃음이 따라 왔다.

."저녁도 못 드셨을텐데, 저희가 식당 모셔다 드릴까요? 여긴 문 연 곳이 없어서 걸어서 가실 데가 없어요."

안내소에 이미 들어가 있던 여자가 나오며 말한다. 남자는 30대 중반의 느낌이라면 여자는 혜진씨보다도 많아 보였다. 작은 체구에 갈색 중단발을 한 여자는 우아한데 따뜻한 느낌을 주었다. 혜진씨는 우아한 사람에게 거리감을 느끼곤 했는데 이 여자는 달랐다. 느낌이 좋은 사람이었다. 여자는 고양이를 품에 안고 있었다. 주먹만한 새끼고양이였다.

"어머...아... 아니에요. 번거로우신데 괜찮아요."

혜진씨는 손까지 저으며 사양했다.

"그럼 도너츠라도 드세요. 저희가 먹으려고 사 온 맛집 도너츠에요. 생수는 마음껏 가져다 드시면 돼요. 그리고 어디 보자... 과자...고르세요. 그리고 라면도 뭐 드실래요? 여러 가지 있는데...내일 아침도 드셔야 되죠? 계란도 드려야겠다."

혜진씨는 그녀의 시원스런 친절에 기분이 좋아지고, 이미 배부른 느낌이 들었다.

"아. 감사해요."

라면 한 개와 달걀 한 개 그리고 과자 한 봉지와 생수 두 개를 받아 들었다.

"더 많이 고르시지. 더 골라요."

"아니에요. 하하. 감사해요."

혜진씨는 아무것도 아닌 대화에 자꾸 웃음이 나는 자신이 신기했다. 우아한 여자와 얘기를 나누는 동안 동그란 남자는 비가 그친 수영장으로 가서 기다란 대를 들고 청소했다. 혜진씨는 얘기 도중 그 모습을 얼핏 보았고 어두운데도 청량함이 느껴지는 특별한 장면이라고 생각했다. 혜진씨는 사진을 찍고 싶은 충동을 잠깐 느끼기도 했다.

"고양이 정말 작죠?"

우아한 여자가 쪼그만 고양이를 내밀며 말한다.

"여기 세 마리 더 있어요. 길고양이가 낳았는데 어미가 죽었어요. 불쌍하게...일주일밖에 안 됐는데..."

세 마리 중 한 마리가 혜진씨 발가락을 핥는다. 혜진씨는 몸을 숙여서 가만히 손가락을 내주었다.

"이거 따뜻하게 드세요."

우아한 여자가 컵을 내밀며 이어 말했다.

"보이차에요."

우아한 여자는 자연스럽게 호의와 친절을 표현하는 굉장한 능력을 가진 것임에 틀림이 없었다. 혜진씨조차 부담을 느끼지 않았고 그 속에서 행동하는 것이 편안했다.

"아.. 감사해요"

혜진씨는 아예 의자에 앉아서 차를 마셨고 자연스럽게 수영장 풍경으로 시선을 주고 있었다.

"성준하고 나, 부부 아니에요. 호호."

우아한 여자가 대뜸 말한다.

"네?"

"하하. 아니, 사람들이 하도 오해를 하니까 그냥 말하는 거예요. 제가 돈 많게 생겼나 봐요. 돈 많은 나이 든 여자가 젊은 남자랑 펜션하며 놀맨놀맨 사는 드라마, 그걸로 보더라구요. 하하."

"아...아니...네..."

"뭐 나야 뭐 손해볼 건 없지만, 아닌 건 아니니까."

동그란 남자가 안내소로 들어왔다.

"아, 또 그 얘기세요? 허허."

동그란 남자가 유쾌한 목소리로 청소 도구를 정리하며 말한다.

"허허, 제가 놀러 왔다가 여기 맘에 들어서 같이 사는 거예요."

"네? 그게....가능해요?"

혜진씨의 큰 눈이 또 커졌다.

"아유 뭐...인생 뭐시라고, 뭐가 안 가능하겠어요? 우리 집에 방도 많고 청소하는 사람 어차피 쓰는데."

우아한 여자가 따뜻한 말투로 말을 이었다.

"성준 인생관이 나랑 맞아요. 이러다 또 다른 거 하고 싶음 떠나겠죠. 그때까지 즐겁게 살면...그게 고맙지.. 서로."

"제희, 손님 피곤하시겠어요."

동그란 남자는 우아한 여자를 '제희'라고 만 불렀다.

"성준. 아이가릿."

우아한 여자와 격의없는 영어는 매우 어울리지 않았다. 그런데 그 어색함이 혜진씨는 더 좋다고 생각했다. 우아한 여자와의 거리가 몇 센티 더 줄어들고 있는 느낌이었다. 여자는 혜진씨가 안고 있던 새끼 고양이를 자기 손 안으로 조심히 옮겼다.

"어서 들어가서 식사하고 쉬세요. 필요하면 더 가져다 드시고요."

혜진씨는 작은 실뭉치같은 새끼고양이를 한 번 더 쓰다듬고 102호로 돌아왔다. 침대에 누워 혜진씨는 낯선 곳에서 심지어 혼자서 잠을 잘 수 있을까라는 생각을 하며 뒤척였다. 하지만 걱정은 일분을 채 넘어가지 못했다.

띠리리릭-띠리리릭-

알람소리에 혜진씨는 눈을 떴다. 일출을 보려고 몸을 일으켰다. 해는 바다에 퍼져 구름 사이에서 쉽사리 보여주지 않았다. 혜진씨는 핸드폰을 들고 사진을 찍었다. 꽤 여러 장을 공들여 찍었다. 그리고 한참을 혼자 깊어진 후에 혜진씨는 방을 나섰다. 안내소에 열쇠를 걸어 놓고 숙소를 등지고 걸어갔다.

나아해변에서 버스를 타고 대본해변으로 갔다. 해파랑길을 따라 걷다가도 마음에 드는 곳이 나타나면 길에서 벗어나기도 했다. 그 사이 아침이 지났고 해가 꽤 높이 올라왔다. 혜진씨는 정수리가 따끔따끔해질 때까지 쉬지 않고 걸었다. 짧아진 그림자 하나가 마을을 향했다.

그림자는 마을입구에 있는 바위에 잠시 그늘을 만들더니 곧 움직였다. 정박이라도 한 듯 단단한 그 바위에는 오류리라는 한자가 새겨 있었다.

왈왈왈왈- 왈왈왈왈- 멍멍멍멍-

'개다. 아니, 개들이다'

혜진씨의 그림자가 멈췄다. 몸이 긴장하는 걸 느꼈다.

'적어도 세 마리다.'

왈왈왈왈- 왈왈왈왈왈-

소리가 점점 가까워지고 있었다. 그러나 이번에는 준석이 떠오르지 않았다. 혜진씨의 짧은 그림자는 심지어 고요했다. 혜진씨는 몸을 천천히 아주 자연스럽게 돌려 뒤를 봤다. 개 세 마리가 혜진씨를 향해 골목을 돌아 달려오고 있었다. 세 마리는 풀쩍풀쩍 땅 위에서 반원을 그려냈다. 세 개의 그림자도 짧은 포물선으로 부지런히 그렸다. 보고 있으니 바람이 없는데 바람이 보였다. 귀엽고 경쾌했다.

그림자 하나가 연신 삐끗하며 포물선을 벗어나는 것이 혜진씨 눈에 들어왔다. 묘하게 어긋난 박자를 만든 건 깁스를 한 작은 개였다. 습관처럼 깁스의 이야기가 통째로 혜진씨에게 넘어왔다. 순식간에,

'어머.'

혜진씨도 덩달아 엇박자의 모험과 호기심으로 설렜다. 개들을 바라보는 혜진씨의 눈이 자연스러운 호의로 반짝였다.

왈왈왈왈- 왈왈왈- 멍멍-

6월의 해가 수직으로 빛을 쏘아 내리고 있었다. 혜진씨와 개들의

그림자가 서로 섞였다. 짧게 뭉뚱그려진 그 그림자들은 바람에 흔들리는 꽃처럼 보였다. 혜진씨가 천천히 걸었다. 개들이 따라 걸었다.

컹컹컹컹- 다른 개들의 소리가 들렸다. 세 마리는 그 소리를 찾아 혜진씨를 버리고 뛰었다. 개들의 포물선이 빠르게 물결을 그려내며 달려갔다. 혜진씨의 핸드폰에는 개들의 뒷모습과 마을풍경이 다급하게 찍혔다.

"휴우우우우우"

혜진씨는 숨을 크게 몰아 쉬었다. 그리고 천천히 주변을 두리번거리며 살펴보았다. 바다와 해변 그리고 낮은 집들과 저 멀리 산이 보였다. 그리고 저 앞에 다섯 마리의 개가 놀고 있었다. 여러 장의 사진에는 개들과 마을, 그리고 바다와 산, 펼쳐진 노랗고 보송한 우뭇가사리가 조화롭게 담겼다. 혜진씨는 한참을 그 속에 있었다.

혜진씨는 동네에서 부동산을 찾았다. 부동산에서 나와 준석에게 편지를 썼다.

"휴우우우우"

혜진씨는 한 번 더 크게 그리고 깊이 숨을 쉬었다. 그리고 겉봉투에 주소를 적었다. 편지봉투가 인서트로 보였고 카메라가 글씨를 클로즈업했다.

    보내는 사람
    경상북도 경주시 감포읍 오류리 1793
                    염혜진

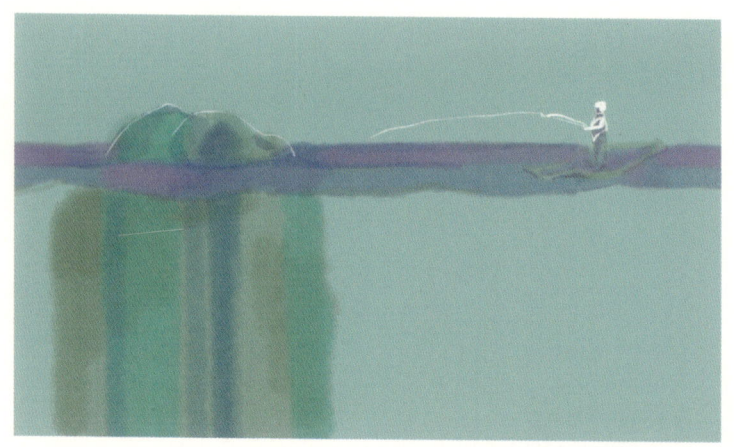

아뇨

ⓒ강진영2022

1판 1쇄 2022년 1월 20일
1판 2쇄 2023년 1월 30일
지은이 | 강진영
책임편집 | 강진영
표지일러스트 | 양승연
펴낸이 | 김동하
펴낸곳 | 양말기획(등록:279-69-00447)
주소 서울시 송파구 송파동32-1 경남레이크파크2층204호

양말기획

이 책은 양말기획이 출판하였습니다. 양말기획은 독자여러분의 의견에 늘 귀기울이고 있습니다. 이 책은 저작권법에 따라 보호받는 저작물이므로 무단전재와 무단복제를 금지하며, 내용의 일부 또는 전부를 재사용하려면 반드시 저작권자와 양말기획 양측의 서면 동의를 받아야 합니다.

*공공안심글꼴: KCC차쌤체, 문화재돌봄체, 경기천년바탕체, 나눔명조, 나눔바른고딕, adobe명조std